目次

第一章　美女温泉旅館への招待　5
第二章　インテリ人妻の誘惑　62
第三章　クウォーター美女の金髪痴態　146
第四章　美女の夜這いハーレム　203

JN047497

この作品は、竹書房ラブロマン文庫のために
書き下ろされたものです。

第一章　美女温泉旅館への招待

1

十月上旬のその日、山元市郎《やまもといちろう》は新潟県の雁木《がんぎ》町の通りにあるバス停の前に立った。しばらくの間、無人の通りを眺める。

ここのローカルバスは、時刻表通りに来る方が珍しい。目的地の雁木旅館まではもう少し時間がかかりそうだと思った。

半年ほど前まで、山元は高校教師だった。だが去年の十二月、病気がちだった妻が亡くなったときに、すべてが変わってしまった。

唐突に発症した病《やまい》ではない。十年以上、妻は闘病生活を送っていた。夫として、苦しむ妻の傍《そば》にいる年月は辛かったが、それでも妻の介護をすることを苦労と思ったことはない。むしろ闘病を通して夫婦の絆《きずな》は強まり、世間一般とは違ったかもしれないが、お互いに想いあう幸せな夫婦生活だったと山元は思っていた。

だから妻の死が訪れたとき、山元は人生のすべてを失ってしまったような、巨大な喪失感に襲《おそ》われた。

心にぽっかりと大きな穴が開く、というのは本当のことだと実感した。妻の葬儀が済んだあとは、何をしていてもまるで現実感がなく、何もやる気が起こらなくなってしまった。

そんな意欲の減退した状態で教職を続けられるはずもなく、今年の三月末で、山元は高校教師を退職してしまったのだった。定年は六十歳であり、四十五歳は早すぎると慰留されたものの、将来のことを考える気力も湧かず、年度末を待って辞めた。

しばらく人との交流を持つ気にもなれず、携帯電話の電源も切ってしまった。春から秋にかけて、必要最低限の外出以外は、家に引きこもった生活を送っていたのである。

エンジン音で顔を上げると、路線バスが到着した。乗客は他に誰もいない。

これから雁木旅館まで、確かバスで三十分以上かかったはずだ。今回、山元を招待してくれた元教え子は、交通の便の悪さをしきりに恐縮していたが、確かに雁木旅館は秘湯と呼べるような山奥にあるのだった。

（そう言えば、あいつは妻が死んだことを、何で知ったと言っていたっけ……？）

元教え子の芦屋《あしや》から連絡《れんらく》があったのは、先月の中旬頃のことだ。

妻の死から、春が過ぎ、暑い夏が過ぎても、山元は無為《むい》な日々を過ごしていた。

が、秋も近づいた頃になって、ようやく一周忌の法要を手配しようと、数カ月ぶりに携帯の電源を入れたのだ。

バッテリーに携帯を繋《つな》げたとたん、着信音が鳴った。

（誰からだろう……）

着信番号を見ると、見覚えのない番号だ。

「もしもし……」

恐る恐る電話に出た。

「あのこちら、山元先生の携帯でよろしいでしょうか？　わたしは、雁木高校ＯＧの芦屋美咲《みさき》と申します」

「ええ。わたしが山元ですが……」

相手は名前を名乗った。すぐに反応はできなかったが、かけ間違いではなさそうだ。

それでも、半年ぶりの会話で、緊張感が抜けず、しばらく沈黙の時間が流れた。

(どこかで聞いたことがあるな……)

柔らかい物腰と溌溂《はつらつ》とした声が印象的だった。

遠く懐かしい記憶の糸を辿《たど》ってみる。おぼろげに、活発な生徒の姿は脳裏に浮かんでくるのだが、ろくに働いていない頭では、なかなか顔と声が一致しない。

電話でも向こうの美咲は少し驚いた様子だった。

「何だ、やっぱり山元先生だったのですね。まるで別人のような暗い声だったから、吃驚《びっくり》しました……。よかった、お電話がつながって。覚えてらっしゃいますか？　美咲ですよ。雁木温泉の芦屋美咲です」

「ああ、温泉宿の……」

ようやく相手の顔を思い出し、山元は頷《うなず》いた。

芦屋美咲は、今は雁木町から少し離れた山中の温泉旅館で女将《おかみ》を務めている、山元のかつての教え子だ。

何年か前に、山元も妻を連れて訪れたことがある。

田園地帯のつづくこの辺りでは、人々は家を連《つら》ね、身を寄せ合うようにして厳しい豪雪に耐え忍ぶ。山元の住む雁木町もそんな土地柄で、雁木温泉は歴史も古く、地元の貴重な観光地になっていた。

かつての教え子が相手とわかって、山元はわざと声を弾《はず》ませた。不甲斐ない様子を悟られたくないという、教師としての意識が働いたのかもしれない。

「久しぶりだな。忘れるはずがないだろう。俺は、雁木高校の教師だぞ。卒業生だろうが、在校生を含《ふく》めて、全員の名前を憶えているさ」

和室六畳の暗い部屋で、体を起こした。無気力な状態が続いて、寝たり起きたりの生活になっていたせいか、体の節々が痛い。

すかさず、美咲は反応した。

「先生、生徒に嘘《うそ》はよくないですよ。もう学校をお辞めになったんでしょ……」

自分の状況を指摘《してき》され、山元は絶句する。

「奥さんがお亡くなりになったそうですね……お悔やみ申し上げます。差し出がましいとは思いますけど、一度、墓前にご挨拶させてください」

「うう……そうか。芦屋は知っているのか……」

山元は夫婦揃って身内が少なく、妻の葬儀は実はひっそりと一人で出したのだが、狭い田舎町だけに、妻の死は近所にも知れ渡っていたようだ。その中には雁木温泉の縁者もいたのかも知れない。

「ええ、知り合いからちょっと。先生、さぞお力落としのことと思いますが、わたし、先生に元気になって欲しいと思っています。そこで、先生にお話があって……」

受話器越しに美咲の息遣いが聞こえてくる。

ふと、その大人っぽい息が、鼓膜をくすぐった。トクンッ、と山元の心の片隅《かたすみ》が震える。

「そうだったのか……連絡ありがとう。時間が経てば、何とかなるとおもっているけどな……相談したいことがあったら、こちらから連絡するよ」

まだ、他人の助力を得てでも立ち直りたい気分ではなかった。

通話を切ろうとすると、一段と声をはげました美咲の呼びかけが聞こえてくる。

「待ってください先生。ずっと連絡がつかなかったのは、しばらく引きこもってらしたからなんでしょう？　少しでもいいから、そんなふうに元気をなくしてしまっている先生の、お力になりたいんです。差し出がましいことを申しますが、よかったらうちの旅館にいらっしゃいませんか？　精一杯、おもてなしいたしますわ」

教え子からの真摯《しんし》な慰めだった。春に、学校の同僚たちから受けた励ましは同情に思えて煩《わずら》わしかったが、不思議と美咲の声は安らぐように感じる。

「そうか……とても有難《ありがた》い話だけど……」

妻が亡くなって、一周忌も済んでいない。喪に服するのが、あるべき姿ではないのか。妻の死を悼《いた》むのを中断し、温泉で楽しんだりなどしてよいものだろうか。山元は少しの間、二の足を踏んだ。

「先生、わたし、春先からずっとご連絡していたんです。でも今日まで繋がらなくて……。きっと苦しい思いをなさっていると思いますが、このままでは先生が体を壊してしまいます……」

美咲は半ば涙声になって、山元を心配してくれている。その健気《けなげ》さが、山元の萎《な》えた気力を戻らせはじめた。

「分かった……じゃあ、芦屋の女将っぷりを久しぶりに、拝見しに伺うよ」

山元はそう言って、何年かぶりで雁木温泉へと足を運ぶことに決めたのだった。

2

路線バスは町を抜け、山道を上がっていく。古く曲がりくねった道を上がってゆくと、やがて、五階建ての豪壮な旅館が見えてきた。地元でも名うての湯治場は、有名な温泉旅館でもあった。

旅館の前でバスから降りると、玄関先に着物姿の女性が立っていた。

「山元先生……いらっしゃいませ。ようこそ、雁木旅館へ」

懐かしい声だった。

「芦屋さん。久しぶりだな……」

可愛らしく人懐っこい笑顔で、美咲は出迎えてくれた。十年ぶりの再会でも、親しみやすい印象は変わっていない。

「先生。さん付けで呼ばないでください。ここにいる間は、どうか気安く呼び捨てにしてくださいね」

落ち着いた、安らぐようなトーンで美咲が言う。親しみやすい物腰だが、どこか女将らしい腰の座った声だ。

山元は了解の意を、会釈で示した。元教え子に目と鼻の距離まで近寄られて、思わず胸が高鳴る。

芦屋美咲は、一五〇センチの小柄な女性である。セミロングの黒髪を結《ゆ》い上げて、黒い瞳で真っすぐ見上げてくる。猫目のような愛らしい瞳《はな》は、学生時代のままだ。

旅館の女将らしく、着物は落ち着いた色合いの中にも華やかさがある。桜色の着物を紅の帯で結んで、白い足袋《たび》と草履《ぞうり》を履《は》いていた。

「相変わらずだなあ、美咲。でも、十年前と違って……」

チラッと白いうなじが見えた。綺麗《きれい》な襟足《えりあし》に、視線をそむける。

「違って……何ですか？　ハッキリおっしゃって」

黒のダウンベストにかかった落ち葉を、美咲は払いのけてくれた。

「その、立派になったな」

他に気の利いた言葉が出てこない。

（こんなに、いい女になったとは……）

十年前、美咲と山元は、生徒と教師の関係だった。当時、美咲は身長が低いこともあって年齢以上に幼く見えたが、しっかり者でクラス委員長をつとめていた。

クラスのリーダー的な役割を担《にな》っていた美咲に、山元も大いに助けられたものだったが、一方で旅館の娘に産まれた美咲の将来を案じてもいた。家業を継ぐのが彼女の本意ではないように感じたからだ。

「うふふ、褒めてくれるのは嬉しいですけど、先生ったら相変わらず口下手《くちべた》なんですね。さあ、まずはお部屋に案内しますから、ゆっくりして下さいな」

ぼんやりする山元の背中を、美咲が押してきた。暖簾《のれん》をくぐって宿に入ると、ふわりと香ばしい木の香りが漂《ただよ》う。

中では客や従業員が活《い》き活きと行き交い、雁木旅館は、かなり繁盛しているようだった。

入り組んだ旅館の廊下を、美咲に導かれて奥へ奥へと歩いていく。幾つかのドアを通り、階段を上がり下がりして、やがて突き当りにある部屋へと通された。

が、山元は扉を開けたとたん、唖然《あぜん》とした。部屋は軽く二十畳以上はある広さだったのだ。さらに奥には、別な部屋が続いているようだった。

「うちの宿の、ＶＩＰ専用のお部屋です。いかがですか」

「こ、これは俺に分不相応な部屋だ。普通の部屋に変えてくれよ」

情けない声をあげて背後へ振り向くと、美咲がぷくっと膨《ふく》れっ面《つら》になった。愛くるしい顔をしているため、怒っても、何故か微笑《ほほえ》んでしまう。愛嬌満点の童顔だった。

「先生を元気づけるための部屋です。美咲の好意を無になさらないですよね？」

「それはそうだな……」

改めて、部屋の中に入ってみた。

教室ひとつ分はあろうかという広さの和室が、ふた部屋ある。敷き詰められた畳からは、新しい藺草《いぐさ》の匂いがした。

さらに薄暗い部屋から外を見ると、庭には露天風呂が設《しつら》えられていて、なみなみと湯がたたえられている。屏風《びょうぶ》のように竹林が周囲を覆《おお》い、周囲からの目隠しになっていた。

　こんな豪華な部屋には、泊まるどころか足を踏み入れた経験さえない。

「夕食はどうされますか？　まだ少しお時間は早いですけど……」

　美咲はさりげなくダウンベストを脱がせて、部屋の隅にあるクローゼットへ収納した。

「ああ……済ませてきた。泊まる必要がないかもしれないなあ、とも思ってね」

　正直に山元が言うと、そうですか、と美咲は残念そうに俯《うつむ》いた。

　部屋の中央にある食事用の座敷机に向かって腰を下ろすと、すぐ隣に美咲も正座し、てきぱきとお茶を淹《い》れてくれる。

「ああ……ありがとう」

　湯呑みを手に取ろうとして、ふと女将と視線がかちあう。数え年二十八歳の女性の瞳が潤《うる》んでいた。

　なおも心配そうな様子の美咲に、山元はハッとした。

（そこまで、俺のことを気遣ってくれていたのか……）

　妻が亡くなって以来、慰問や同情の声に慣れてしまっていた。他人から上辺《うわべ》だけ優しくされるのは、傷口に塩を塗《ぬ》られるようなものだったが、元教え子はただこちらを哀れむのではなく、前を向く元気を取り戻させようとしてくれているのだ。

「悪かった。ようやく美咲の気持ちが分かったよ。本当に済まなかった」

山元は背中をさすろうと手を伸ばした。だが、あと一歩のところで止まってしまう。

(気安い行為だ……俺は卒業後の美咲について、一切知らない)

子供っぽいと思っていたうなじから、ハッとする色香が漂っている。二十八歳と言えば、結婚していてもおかしくない。

「先生の心は、疲れて冷たくなっているようですね。どうかここでは、リラックスなさって。お茶を淹れていますから、浴衣《ゆかた》に着替えてください」

「ああ……ありがとう」

スッと立ち上がった美咲は、しっかりした足取りで床の間に向かった。床の間には湯沸かしポットと、急須、茶葉、盆が揃えられている。

(何を緊張しているんだ、俺は……)

着替えは黒のトレーナーとジーンズを脱いで、濃紺の浴衣を羽織るだけの単純なものだったが、美咲が近くにいるせいか、妙に手こずってしまった。

着替え終わって座布団にすわると、茶碗が差し出される。

「先生……。大切な人を亡くす辛さは、わたしにも分かります」

ゆっくりと山元が熱い茶を味わっていると、ふいに体の温《ぬく》もりを感じた。美咲がいつの間にかすぐ傍《かたわ》らに移動して、上半身をもたせかけてきたのだ。どうしたらいいか分からず、喉《のど》がカラカラになる。

「おいおい、いきなり何だ。美咲も何かあったのか？」

柔らかく甘い匂いが、山元の心を揺さぶる。着物越しでも、女性の柔肌の感触がハッキリと分かった。

「わたしも……夫を病気で亡くしたんです。ちょうど、五年目になりますわ。先生への恋心を断ち切るために、卒業して、従弟《いとこ》の男性と結婚したの。でも、ダメだった……」

寝耳に水の告白だった。

(美咲は未亡人なのか……)

美咲は体をピッタリと寄せてきた。硬直する山元の左手を、そっと胸元へ導く。

「先生……美咲もドキドキしているんです。だって、好きな男を癒してあげることが出来るんだもの。だから、先生……わたしの立派になったところをしっかり確かめて、慰めてください。中途半端な慰めって、かえって辛いの。お願い……抱いて……」

山元の芯に響く言葉だった。

亡き妻への後ろめたさは今も山元の心に巣食っているが、妻が病に倒れてからというもの、ほぼ女の肌とは無縁な生活を送っている。

そんな山元に、妖艶《ようえん》なフェロモンを惜しげもなく出して迫る美咲はあまりに魅力的だった。大きな黒目がちの瞳をウルウルさせ、愛らしい小顔で見上げてくる。

(胸は立派になっているな……いや、そうじゃないだろ……)

小柄な女子校生だった胸は、二十八歳の隠れ巨乳へ変貌をとげていた。白襦袢《しろじゅばん》と着物で圧迫していたらしい。

「優しくしてね……あうっ」

「ちょ、待て、美咲……」

ドスンと座敷に鈍い音が響く。

美咲が体をあずける形で、山元を押し倒してきた。覆いかぶさるようにして、上からぽってりした唇が近づいてくる。

(何て可愛いんだよ……)

互いの息を吸い取るよう、唇が重なった。どちらからともなく、鼻梁《びりょう》を擦《す》りあわせる。ヌルッと美咲の舌が、口内を弄《いじ》ってきた。

「ちゅぱっ、ああっ、先生……オッパイは大きい方が好みなの？」

「馬鹿な質問をするものじゃ……うおっ……」

股間に電気がほとばしった。

（ディープキスに手コキ……）

若い女将がさわさわと浴衣を捲《めく》り、ボクサーパンツを上から撫でてきた。スリット

から飛び出した肉棒にふれて、山元の腰が跳ねる。

「んふ、可愛いぃ……はむう、んむうっ……」

甘ったるい息を吐いて、美咲は舌を搦《から》めてくる。トロリと唾液《だえき》が流れ込み、熱っぽ

く歯茎《はぐき》から口内粘膜までふれてきた。

自然に右手が、彼女の着物の帯止めをつかむ。ゆるりと締結部を解《ほど》いていく。

「そう……先生、美咲を丸裸にしてください……ああ、もっと可愛がってぇ」

誘惑するように、未亡人は声をしならせた。

コロンと帯枕が転がる。美咲は山元に抱かれたまま、体を床にずらし、ゆっくりと

うつ伏せになった。

山元の左手にズシリと白い乳房の感触が広がる。

「こんなに美咲の胸は大きかったかな。いや、そんなことより不味《まず》いだろ……これは。

俺はお前の元教師なんだぞ……」

明るく活発な女子校生の姿が、脳裏に浮かんだ。

「山元先生、美咲のオッパイは嫌いなんですか。大きさや形には自信があるんですよ……」

「いや、一生揉《も》んでいたいぐらいなんだが……」

ポロッと本能の欲望が漏《も》れた。慌てて口をつぐんだが、何もかも後の祭りだ。襦袢に入れた手の中で、面白いように魅惑の球体が揺れる。

「先生の触り方、いやらしい……」

美咲がゆらりと上体をあげた。左手が離れて、タプンと乳房が躍る。

肩口から着物と襦袢が肘まで脱げていく。あらかじめ弛《ゆる》めに着ていたらしい。少しだけ体を揺すると、たわわな実りが姿をあらわした。

「おお……」

山元は思わずため息をついた。

(あの美咲の胸か……)

興奮に理性を飛ばされかける。元生徒の生乳という背徳感も重なり、まばたきするのも忘れた。

「ほら、ちゃんと見て……さわっていいのよ」

こぼれんばかりの白乳が揺れる。小柄な体型に似合わない肉感的な丸みが、蠱惑《こわく》の谷間を描く。さっきまで触れていた生々しい感覚が蘇《よみがえ》る。

山元が凝視すると、美咲は恥じらうように顔を俯《うつむ》けた。

「すごい眼つき……食べられそう……」

「そ、そんなことは……」

甘く睨まれて、山元は伸ばした手をとめる。

（どうすればいいのか……）

元生徒の未亡人に、翻弄《ほんろう》されてしまう。

ウフフフ、と美咲は山元の左手を誘《いざな》ってきた。自分の左胸へ導く。

「どうぞ召し上がれ、先生。揉んでください……やさしくね」

劣情を煽《あお》られて、山元はふたたび着物と生肌の間に手を入れた。指先はいとも容易《たやす》く胸肉に沈み込む。柔肌から、熟《う》れた脂のまろやかさを感じる。興奮の波が一気に押し寄せてきた。

（なんて柔らかい胸だ……）

ゆっくり掬《すく》い上げるよう、揉みこんでいく。

「先生、もうひとつの胸もどうぞ……」

嬉しそうな微笑を浮かべて、美咲は少し前かがみになった。フワッと着物の襟が開かれて、甘い汗の匂いがやってくる。

(生々しい女の香りだ……)

夢中になりそうな理性を抑《おさ》えて、右手を美咲のふくらみに重ねた。

「そう、ああ、いいのぉ……」

たまらない、というように美咲は声をあげた。

吸い付く絹肌に、指を戯《たわむ》れさせる。質感のある生乳の先端に、人差し指が当たった。

「はんんっ……」

それまで余裕たっぷりの美咲が、クンッと美貌をあげる。紅《あか》い乳首がツンと尖り勃《た》っていた。

(美咲が感じているのか……)

活発な少女だったかつての教え子は、すっかり大人の女へと変わっていた。こみ上げる興奮をこらえて、指先で乳頭を転がす。

「ああんっ、先生……上手《うま》いのね」

太い眉毛をハの字にしならせ、美咲は顎《あご》をあげた。帯を解いて、自分から着物を脱ぎ始める。

（襦袢の下は何も着ていなかったのか……）

ブラジャーやショーツを穿《は》いている痕跡《こんせき》が見当たらない。着物が開くと、美咲のなめらかな雪肌があらわになる。

「先生に抱かれたくて、下着はつけてこなかったの……」

トロンとした瞳で、美咲はぽってりした唇を動かす。

山元は美咲の決意に圧倒された。

「そう言われてもな……」

嬉しさと興奮に、指の動きは止まらなくなった。肉感を噛《か》みしめるよう、双房を撫でまわす。どこまでも柔らかい肌を、山元の手が捏《こ》ねあげた。

「いい、あ、う、んんっ……」

プルンッと乳房が弾力性を取り戻す時、指の間で乳首が擦《こす》れる。小刻みに女体が跳ねた。美咲の白い喉から、艶《つや》っぽい喘《あえ》ぎ声が響く。

「先生も……」

「おうっ……」

不意に浴衣の隙間から股間を触られる。すさまじい電気がほとばしった。

「先生の欲しくなっちゃった……いいでしょ……」

悪戯《いたずら》っぽく笑い、美咲は山元の浴衣を脱がせてきた。ボクサーパンツまで引き抜かれる。聳《そび》え立つものが、ばね仕掛けのように飛び出した。

美咲は瞳をキラキラさせて、勃起《ぼっき》したペニスを眺めた。

「はあっ、大きい……ああっ……」

熱い吐息が肉柱にかかる。ジッと見つめられると、恥ずかしさがこみ上げた。ゆらゆらと弾《はず》む乳房に指が沈む。

「んあっ、先生……そ、そうね。美咲の一番成長した場所を召し上がってもらわないと、いけないわ……」

双乳に埋めた山元の手に、美咲は白い手を重ねる。

「今度は何を……」

山元の手をとり、布団が敷いてある部屋へ導かれた。敷布団へ美咲が横になる。開けた着物の裾から、太ももがむきだしになった。

「先生、美咲のオッパイだけで満足したのかしら？」

妖艶な微笑みで、美咲は見上げてくる。

「それは……」

ごくりと生唾《なまつば》を飲む音が部屋に響いた。

「ウフフ、好きに味わっていいんですよ。先生が召し上がりたいだけどうぞ……でも、乱暴にはなさらないでくださいね」

ムッチリした桃尻から、スラリと足先まで見えた。桜色の着物の裾は、あられもなく捲《めく》りかえっている。そこから匂い立つような色香が漂っていた。

「ううっ……美咲……」

かつてのあどけなさは消え失せている。懊悩《おうのう》の表情で美咲は、腰をくねらせた。未亡人はウルウルと瞳を潤ませて、愛撫を待っているのだ。

山元は女体に覆いかぶさり、唇を重ねた。

（さっきよりも甘い……）

プルンッと濡れた美咲の唇が弾《はじ》ける。ゼリーのような柔らかさを甘噛みして堪能《たんのう》する。シュルシュルッと着物が擦れた。

「あむっ……先生ぃ……はうむ……」

せつない声に、興奮は跳ね上がる。さっきとは違い、山元からのキスをねだるよう、舌先で歯茎を突かれた。

「美咲ぃ……んむ……」

鼻梁を擦りあわせ、求められるまま唾液を流す。美咲は眼を細めて、美味《おい》しそうにコクリ、コクリ、と喉を微《かす》かに鳴らした。

山元は息を荒げて、美咲の口内へ舌を差し込んだ。

「はあん、先生……もっと……」

帯を解《と》かれた女体が、なまめかしくうねった。

（ああ、脳味噌が蕩《とろ》けそうだ……）

たっぷりの肉感溢《あふ》れる双房を、両手で揉みまわす。あっさり指がめりこんだ。弾力性抜群の柔肌は、山元の手の動きに合わせて淫《みだ》らにひしゃげた。

「くあっ、ああ、あんっ……」

美咲は瞼《まぶた》を落とし、澄んだ声でいななく。ヌルンッと舌を搦めてきた。唇を押し付けて、山元は口内粘膜を弄《いじ》る。

（乳首が張ってきた……）

ネットリと互いの口内を執拗に舐《な》めまわす。ジワッと美咲の絹肌に、汗が噴き出しはじめた。甘く生々しい匂いが強くなり、鼻腔を刺激する。

「んふ、先生ぇ……オッパイも吸いたいんでしょ……」

「どうして分かるんだ……」

粘っこく濡れた瞳を細め、美咲はもどかしそうに乳房を振った。

「美咲が吸って欲しいから……言ってみただけです」

ゾクッと背筋が痺《しび》れた。

美咲がチュパッと唇を離す。互いの口内を結ぶ唾液の糸が、トロリと布団へ落ちた。

(元生徒の美乳を……俺が……)

十年ぶりに再会した未亡人の教え子だ。しかも、山元自身、十年以上セックスから遠ざかっていた。まさに、女肌に飢えた狼と化していった。

「どうしたんですぅ……先生ぇ、早くぅ……」

美咲の唇から甘い声がしなって飛び出す。

綺麗な襟足から、山元は舌を滑らせた。白い柔肌に朱が差している。

(俺の愛撫に、美咲も反応している……)

生温かい吐息に女体が汗ばみ、確信を得た。ゆっくりと舐めおろして、魅惑の胸実に迫った。

「あうっ、くふっ、ああっ……」

美咲は小刻みに腰をよじる。プルンプルンッと山元の指間から、ムチムチとした白肉がはみだす。チラチラと濡れた瞳で見つめてきた。

（そんな眼をされると……）

乱れた着物と襦袢が布団の上に広がる。柔肌のふもとから、山元は舌を動かしていく。乳輪が張って、先端はコリコリに硬い。

チュウッと淫猥《いんわい》な音が鳴り、美咲の体はビクッと跳ね上がった。

「いやんっ、実はそこ、感じやすいんです……だから、もっと……」

「丁寧に吸って欲しい？」

「はい、美咲があんまりアクメに飛ばされては……先生にご奉仕して、イッていただけなくなっちゃうので……」

言いながら万歳の姿勢をとり、美咲は恥ずかしそうに布団をキュッと強く握った。

（大人になってもかわいいぞ、美咲……！）

ここへ来てから、元教え子の成長ぶりに驚かされてばかりだが、学生時代の快活で健気な彼女の面影が顔をのぞかせている。そこに山元は興奮を爆発させた。そのまま、尖り立った乳首に唇をそえると、チュウッと吸い上げた。

「はっ、あ、ひあっ、いいんんっ……」

小顔を振って、美咲は女体を仰《の》け反《ぞ》らす。ムニュッと豊満な乳肉を山元の顔に押し付けてきた。恥じらいつつ、官能に抗《あらが》えない様子だった。

「ミルクの甘い匂いがするな……」

クンクンと子犬のように、山元は小鼻をヒクつかせる。

「やっ、い、言わないでぇ……」

元教え子は抵抗するが、本気でないのが分かる。

(感度も抜群だな……)

未亡人になって以来、美咲はセックスレスの日々を送っているようだ。女欲に翻弄《ほんろう》される姿が、山元の劣情をさらに燃えたたせた。

「ふっ、ああんっ、はっ、やっ、ああーーーんっ」

肉悦《にくえつ》にこらえきれない女体へ、山元は舌を這わせ続ける。唾液をネットリと乳頭に垂《た》らして、乳輪周りにまで塗りたくった。

美咲は新たな刺激が欲しいらしく、山元の後頭部を抱きかかえてくる。密着度が高まり、ムチッとした桃乳に顔を埋める。

(乳首が特に弱いようだ……)

抱き揉んでいた生乳から、手を離す。すかさず、美咲がグイッと山元を引き寄せてきた。紅い乳頭が、山元の唇肉にふれる。

「はうっ、ああ、そこダメぇ……あうっ」

甘く生々しい女臭を楽しみながら、吸い込み方に緩急《かんきゅう》をつけた。山元は舌先で、コルク形になった横腹を嬲《なぶ》り回す。

キュッと眉間に皺《しわ》を寄せて、美咲は瞼を落とす。

「あんっ、い、いいい……」

啜《すす》り泣く調子で、彼女は高らかにいないた。モジモジと桃尻が揺らめく。後頭部を押さえる力が弱くなり、山元は双房から顔をあげた。

(何か懐かしい匂いが……)

潮気のある女香に、自然と女体の下腹部を見てしまう。

「先生……美咲の一番恥ずかしいところ……召し上がって……」

声を蕩《とろ》かせて美咲が囁《ささや》く。後頭部を押さえていた白い手は、股間を隠すように置かれている。部屋の行灯型《あんどんがた》の照明に、絹肌がきらめいた。炎を灯《とも》したように、女体から汗が噴きだす。

「本当にいいんだな……」

「はい。ああ、でも……恥ずかしいのぉ……」

美咲は矛盾する言動で、腰をくねらせた。肉付きのいい太ももはピッタリと閉じられている。小柄な体型だけに、ピチピチと張りのいい印象を持たせた。

（まさか、美咲のアソコを……）

十年ぶりに再会した教え子の秘部を拝めるとは、今朝まで想像してすらいなかった。

山元は魅惑のふくらみから、括《くび》れた腰回りを撫でまわす。美しいS字曲線を描くウエストから、ムチッとヒップラインがせり出した。

美咲はさり気なく両手を移動させる。だが、太ももは中途半端に開いていた。

「濡れているな……いやらしくうねって……」

切り揃えられた恥毛の中で、美咲の縦裂が蠢《うごめ》く。可愛らしい童顔とは対照的に、華蜜に花弁は熟れていた。

山元は美咲の膝頭に手を置いた。こわれものを扱《あつか》うよう、そっと左右に押した。

「いやっ、ん、あっ、やっぱり恥ずかしいぃ……」

かぶりを振り、着物と襦袢に爪を食いこませる。

（これが、美咲のマ×コか……）

女体の陰唇と対面するのは、十年ぶりだ。興奮の止まらぬ山元の手が、太ももの付け根へスライドした。そのまま、顔を埋めていく。

「はああっ……あ、あんっ！」

ビクッ、と美咲は仰け反った。シュルッと着物が擦れる。どこまでも甘い吐息が、淫らに聞こえた。

（大分感じているな……）

舌先で大陰唇を突いただけで、口から乱れた呼吸が聞こえる。

「先生……も、もっと激しくしていいですから。もう、美咲……ああ」

感じ入った声が、妖艶に震える。

ペロペロと膣口を嬲り、山元は舌先を美咲の内奥へ捻《ひね》り込んだ。

「ううっ、んあっ、あ、クリトリスがぁ……」

クンクンッ、と丸っこい顔をあげる。プルプルと豊乳は揺れて、唾液に濡れた乳首が、淫靡《いんび》に照り光った。

（こんなに美咲は成長したのか……）

弾力性のある膣襞《ちつひだ》は、ヒダ溝が細かい。一番、襞の粒が細かい箇所へ舌肉は当たった。キュキュッ、と美咲は膣筋肉に力をこめる。

「いい味しているな、美咲のオマ×コは……」

ハッキリと山元は言いきった。

「変なこと言わないでぇ……」

羞恥心《しゅうちしん》を焚《た》きつけられて、美咲は顔をそむけた。

（すごい濡れようだ）

次から次へと白蜜が淫花からつたい落ちる。

あえて乱暴な弄り方をせずに、山元は焦《じ》らすようネットリと舌でラビアを愛撫した。

「先生の舌、熱い……美咲のアソコも疼《うず》いちゃうぅ……」

美咲は切なさそうに、左手の甲を口元に押し付けた。

一方で、甘露《かんろ》を啜《すす》る山元の後頭部に、白い右手がのせられる。羞《は》じらいつつも、さらに快楽をねだるかつての教え子に、背筋がざわついた。

恥じ入るように、美咲は長い睫毛《まつげ》を震わせている。

「はうっ、あはんっ……美咲のオマ×コ、ふやけてしまいそう」

「愛液で溢れかえってるぞ、美咲……いい女になったな」

感慨深く、山元は美咲の成長にうなった。ウネウネとモノ欲しそうに、ピンク色の二枚弁が収縮する。牡棒《おすぼう》に興奮が宿り、カチカチに勃起した。

「ふう、んん、先生……そろそろ……」

細かい汗の粒を妖艶な顔に浮かべる。美咲は万歳の姿勢のままに、襦袢を握りしめていた。ウルウルと瞳を潤ませて、見上げてくる。

（美咲とセックス……）

誘惑にのっている今、もはや山元の自制心は働いていない。何より、すでに肉棒がパンパンで、どこかに詰まり込んだ精を放流しなくては収まりがつかなかった。

「そうか……美咲は大丈夫なのか？」

「んんあ、何のことぉ」

未亡人を孕《はら》ませたくはない。だが爆発寸前にまでなった剛直で女体を貫けば、美咲の胎内に放ちたくなる欲求には逆らえないだろう。おびただしい量なら、間違いなく着床する。

「いいの。先生こそ、遠慮したら慰めにならないわ……」

きらめく華裂からトロリと熱い汁が流れる。

ちらりと妻の顔が脳裏をよぎるが、股間の滾《たぎ》りが躊躇《ためら》いを塗りつぶした。

山元は顔をあげて、膝立ちになった。バキバキに硬くそそり立つペニスから、先走りが出ている。赤黒い亀頭の穴が、ヒクヒク蠢いた。

「美咲……じゃあ、挿入するぞ……」

美咲は熱い視線を肉棒に浴びせてくる。自然にくなくなと腰をよじった。

ゆっくりと蜜陰にあてがう。愛液と先走りが合わさり、桃尻は跳ねる。大きく真ん丸なヒップには、均等に熟れた脂がのっていた。

「先生の、すごい……。本当に久しぶりだから、やさしくして……はああ、熱いぃ」

嫌がっている様子はないものの、美咲はブランクのせいで、山元のペニスの大きさに戸惑っているらしい。

だがそのあいだにも、美咲の二枚貝が、亀頭の丸みを包み込んでくる。

（ああ、俺が美咲を犯せるのか……）

夢見心地の気分になる。クチュクチュと蜜液を肉傘にまぶす。秘裂に瘤肉《こぶにく》を入れた。刹那《せつな》、太く逞《たくま》しいペニスを穿《うが》ちこむ。

「ああっ、やっ、はあああんっ……」

ズシリと重い乳房を揺すり立て、美咲はギュッと再び襦袢を握りしめた。

「んおお、これは……」

山元は、十年ぶりのセックスに、歓喜の呻《うめ》きを漏らした。

入り口から締まりの強い膣陰だった。そこへ肉棒を静々と埋め込んでいく。ウネウネと絡《から》みつく襞の感触に、脳味噌が沸騰する。

（ああ、俺は美咲とひとつになっている……）

生々しい収縮の圧力で揉みこまれる。感動と快楽が山元の全身に広がっていった。

美咲の両脚がピンと上がり、ユラユラと宙で彷徨《さまよ》った。

「先生、入れるの上手……あ、先生の大きなオチ×チンが入ってくるう……」

感に堪《た》えない声は、一層艶やかさを増した。丸っこい美貌を、右に左に振りたくる。白い雪肌から、ドッと汗がしぶいた。

(ううっ、こんな名器とは。三擦《みこす》り半《はん》で、出てしまいそうだ……！)

蕩ける媚肉《びにく》がきつくカリを絞めこんできた。山元の内奥から、カアッと熱い何かが溢れだす。何とか尻穴に力をこめて、漏らすのを我慢した。

「美咲は、五年ぶり。先生は十年ぶりよね……はああ、本当に嬉しい……先生、いったんオチ×チンを抜いてくださらない？」

脱いだ着物と襦袢を羽織り、美咲はクルリとうつ伏せになった。山元の瞳に、生尻がさらされる。

(なんて大きなヒップなんだ!?)

ゴム毬《まり》を並べたような尻肉が、ムチッと迫《せ》り出している。あまりの色香に、山元は言葉が出てこない。濃艶な丸みを帯びて、ウエストで急カーブしていた。

「この方が貫きやすいでしょ。ほら、美咲を先生の逞《たくま》しいオチ×チンで、一杯にしてください……あ、あああっ……」

「ふうおお……」

誘惑にのせられ、山元は後背位の体位で肉傘を、美咲の体に捻り込んだ。煮えたぎる美咲の胎内に、山元は信じがたい興奮を覚える。

「いい、あっ、先生上手……」

息を弾ませる美咲は山元のペニスを待ちかねていたようだ。

柔らかい熟襞《じゅくひだ》を、こじ開けるよう肉傘で押しのけていく。

「ふあ、ああ、あいっ、やっ、ちょ……」

美咲は結《ゆ》い上げた髪の毛を靡《なび》かせる。久しぶりのセックスで、多少緊張しているらしい。不安と動揺の入り混じったいななきにも聞こえる。

ただし、女体の反応はまったく違った。

（さらに絞まりが強くなった……）

熱い膣襞が、ピッタリと肉竿に張り付いた。複雑なうねりで、山元の亀頭冠を絞めあげてくる。同時に、肉茎にキュウッとかぶりついてきた。

「こんな気持ちいいとは……」

「フフフ、先生って正直ね。いいわよ。はあっ、あんっ、出しても……」

四つん這いの格好で、美咲は淫らな軌道を描く。時計回りに臀部《でんぶ》を動かし、山元のペニスと擦れ合ってくる。

ビリンッと蒼《あお》い電流が尿道から精嚢まで走り抜けた。

「んお……」

元教え子に早漏の痴態《ちたい》を見せたくはない。射精欲を抑えるため、動きをゆるめた。剛直は凄まじい刺激を浴びて、一気に噴火しそうだった。

「どうしたのぉ、先生……もう、やさしくしなくていいのよ」

美咲は口元に笑みを浮かべ、振り返った。スローテンポな動きを補うよう、女尻が山元の股間に押し付けられる。

ミチミチと肉襞が亀頭と擦れた。蜜音に快感が混ざり、山元の体に染みわたる。熱い息を吐く美咲の乳房が、ゆらりと揺れた。視覚刺激も、ペニスの興奮材料になった。

「んお、本当に中で果てそうだ……」

劣情を煽られ、山元の手がグッと美咲の腰を掴《つか》む。

(出そうだ……)

女襞が複雑な収縮で、肉棒を心地よく絞めつけた。山元は奥歯を噛みしめて、何とか我慢しようとする。

美咲は、艶臀《つやじり》を小刻みに往復させて、山元の股間に押し付けてくる。愛液にペニスが浸《ひた》され、膣奥へ誘導された。

「思いっきり出してぇ……いくらでもいいから……」

美咲の膣襞が全体的に引き締まる。

(痺れて……)

射精欲が再燃し、大きな波になって押し寄せた。

彼女の襞紐がカリに巻き付く。女尻の動きにあわせ、グイッと肉棒ごと引っ張られる。さらに、女壺独特の蠢きが、華蕊《かしん》に誘い込む。

「うお、出る……んおおお……」

全身の血流が沸騰する。快楽神経が熱く滾り、山元は理性を飛ばされた。

美咲は絶えず肉樹へ快楽を注《そそ》いでくる。媚肉が蕩けて、一気に亀頭を揉み潰《つぶ》す。山元の咆哮《ほうこう》に、ググっと肢体を仰け反らす。

「美咲のなかで、ああんっ、なかに出してぇ……」

美咲は懊悩するような表情で振り返り、甘い声でせがんできた。

「ふおお……」

短く絶頂を呻いた。灼熱の白濁液《はくだくえき》が駆け上がり、勢いよく飛び出す。十年ぶりの精子が、美咲の胎内に搾《しぼ》りとられていった。

「んあっ、あ、たくさんくるうっ……美咲のなかが燃えちゃいそう」

美咲は総身を慄《わなな》かせた。刷毛《はけ》で塗ったような汗が、白肌に光りながら飛び散っていく。ふっくらと大きな桃尻は、山元の股間にピタリと張り付いた。

射精を終えた後も、ゆらりとヒップが揺らめき続けていた。

3

(あの世に行ったくらい、気持ち良かったな……)

布団へ横になり、感慨に耽《ふけ》る。美咲は乱れた息を整えながら、濡れた瞳で山元を見つめている。十年前のあどけなさを残しつつも、妖艶な大人の女になっていた。

未亡人の教え子に手を出してよかったのだろうか。相手は雁木旅館の女将である。二十八歳の美女が、四十五歳のくたびれた元教師を相手にするものか、疑念がよぎった。

「先生、もっとおもてなしさせて欲しいわ。それとも、もうお腹はいっぱいになりましたか……?」

左腕を乳房にあてて、美咲は起き上がった。

「え、ああ、う、その……」

山元は口ごもってしまう。

ウフフッと美咲は笑った。

「嬉しいわ。美咲の体は、お気に召したようですね。でも、満たされてはいないみたい。フフフッ、先生。温泉に入りましょう。ご案内いたします……」

すくっと立ち上がった。

「おいおい、まさか、その格好で廊下を歩くつもりか？」

山元は狼狽《ろうばい》した。

「先生、一般のお客様とＶＩＰ専用のお客様が、鉢合わせにならないよう、考慮していますわ。先程の廊下にドアがあったでしょ？　あのドアを隔てて、一般のお客様はこちらに来れません。ご心配なく」

そう言われれば、確かにこの部屋へ来るルートはいささか入り組んでいた。

「でも、他にＶＩＰ専用の客もいるだろう？」

「男性はいらっしゃいませんわ……」

次第に美咲の無邪気な微笑みが妖艶さを帯びてゆく。意味深に語尾がしめった響きになった。

二人は部屋を出て、廊下を左へ曲がった。桜色の着物だけ羽織って、美咲が先導してくれる。同じＶＩＰ専用の部屋をいくつか横目にした後、濃紺の暖簾をくぐった。

「ほお、これは……」

そこには豪壮な檜《ひのき》づくりの浴場が広がっていた。脱衣場はなく、さっきの部屋と同じスペースの隅《すみ》に籠《かご》とタオルが置かれている。

「混浴場になっています。一般のお客様とは離れて、ゆっくり温泉で癒してもらうコンセプトです」

「そうなのか……」

部屋の半分は浴槽になっており、白い濁《にご》り湯が溢れている。シャワーのセットは一つだけあった。行灯型ライトの光が差し込んでいる。

「ほおおうっ……」

ゾクリと股間に刺激がはしった。反射的にうめき声が飛び出す。

「先生、まだまだお元気……フフフッ、浴槽の縁《ふち》にお座りください」

白魚《しらうお》のごとく、美咲の流麗な指が肉柱を撫であげたのだ。彼女は着物を羽織ったまま山元を縁に座らせた。

(温泉なんて、久しぶりだな……)

温かい湯が肌に染みた。

「んんあっ……」

淫らな熱がふたたび亀頭に渦巻く。視線をおろすと、美咲がゾクリとする色目で見上げてきた。

「もう一回可愛がってもらう前に、綺麗にいたしますわ」

細くしなやかな指が肉幹に絡まる。美咲の指は、教え子の頃から想像もできないほど、淫らな動きだった。愛液と精液にヌラつく肉棒をしごかれた。

（あの美咲に、フェラチオされるのか……）

ペロリと唇を濡らす舌が見えた。美咲の指が山元の亀頭の上を踊りだすと、メキメキと逞しさを取り戻し始める。

「本当に大きいわぁ……ううっ……」

「どういう意味だよ……おおうっ」

牡棒が強張《こわば》り、反《そ》り返る様子に、美咲は眼を丸くしていた。やがて逸物《いちもつ》の確認をするように、両手でしごいてきた。ポッと欲望の火を灯《とも》されて、竿にはどんどん淫らな欲が集まりだす。山元は我知らず、腰を元教え子の唇へと向けて少しずつ突き出しはじめていた。

美咲が黒い瞳を潤ませて、見上げてくる。目元が紅くなっていた。

「先生、美咲のお口でシタいのですか？　ごめんなさい、美咲は先生ともう一度、一つになることしか考えていなかったので……」

「あ、いや、違うんだ。ただ……」

「ただ？」

母親のように優しい笑みを湛《たた》えて、美咲は小首をかしげた。

「このままだと、美咲の顔にかけてしまいそうだ……」

白い指が肉棒を上下すると、ムクムクと肉肌が盛り上がった。精気が昂《たかぶ》れば、捌《は》け口《ぐち》を探し出す。一番いい方法は、美咲に呑み込んでもらうことだった。

甘い声で喘ぎ、美咲は頷いた。

「おっしゃる通りですわ。美咲は、先生の勃起を促《うなが》すだけのつもりでした。申し訳ありません。思慮が足りませんでした……」

「謝ることじゃないよ。俺は嬉しくて堪《たま》らないけど、美咲はどうなのかなと……」

山元が本音をつぶやく。

ウフフフ、と美咲はニコリと笑い、美乳を揺らした。

「嫌なことをするはずがないでしょう？　美咲は先生のモノですわ。分かりました。手とお口で綺麗にさせていただきます……」

愛らしい丸顔が、山元の逸物に近づく。ぽってりした唇から熱い息がもれて、亀頭にあたる。ブルッと山元の腰が震えた。

「気持ちよさそうな先生の顔を見ると、もっと気持ちよくなってほしくなるのです。だから、もっと命令してくださいね」

美咲は山元の様子をうかがうように愛らしい顔を上げつつ、怒張に舌を伸ばす。綺麗な舌が、亀頭の窪みに到着する。ジュワ、と快楽の束が瘤肉を包み込んだ。

「んお、柔らかくていやらしい……たまらん！」

元教師の威厳は崩壊していた。

「ンフフッ、先生、本当に感じやすいのね。ああ、またお漏らしが……」

クスクス笑い、美咲は舌先で先走り汁を掬い上げる。

(とめどなく出てしまう)

快感がほとばしると、先行で汁が滴《したた》る。分かっていても止められない。白い指が飴色の竿をすべる。甘い熱が急速にペニスへ広がっていく。

「本気で美咲を可愛がってもらう前に、出し切らないでくださいね」

口元に笑みを残して、美咲は山元の亀頭にキスした。チュッ、と刺激的な音が山元の鼓膜を震わせる。怒涛《どとう》の射精欲が芽吹いてきた。

「あまりにも気持ちが良すぎて……」

山元は腰砕けになっていた。

(美咲にフェラチオされると考えただけで、漏らしそうだ)

元教え子が膝を揃えて正座し、一心不乱にペニスを揉み立ててくる。ツンと勃った乳首がフルッと動く。鎖骨《さこつ》からジワリと甘い汗の珠《たま》を結ぶ。可愛らしい小顔が艶《なま》めかしく上気し、恍惚感《こうこつかん》に蕩けている。

「先生にはいっぱい気持ち良くなって欲しいですけど、あまり急いでは勿体《もったい》ないですよ。だから先生も早漏癖を治してください」

「無茶言うな……ふおお……」

美咲は優しく右手の指をスライドさせてくる。左手で精嚢袋を撫でてきた。そそり立ちが跳ねると、唇にめり込む。舌先が亀頭の先端を突きまわしてくる。

四方八方からの刺激に、屹立《きつりつ》が呻《うめ》く。ビリビリと浮き立つ静脈に快楽の電気が流れた。我慢できるスレスレの快楽ラインまで、吐精欲の波は押し寄せてきた。

「ああ、また……でも、濃ゆいです」

トクンッと白い先走りが、美咲の喉を潤す。淫らに喉が波を打った。

「うお……気持ち良すぎる……」

山元は年甲斐《としがい》もなく腰をよじらせる。

「フフッ、お茶目な先生……イジメたくなっちゃう」

ジワッと怒張に淫らな熱が広がる。

美咲が顔を更《さら》に沈み込ませた。唇輪が剛直をすべり落ちる。ビクビクと跳ねる亀頭の動きが抑え込まれた。急峻《きゅうしゅん》なカリ部分に、唇が引っ掛けられた。

「んおおお……」

淫欲の波が肉棒を包み込む。山元の脳内は、劇悦で真っ白になった。

（フェラチオは、こんなに気持ちの良かったものだったか……）

亡き妻に奉仕してもらった古い記憶は、もう思いだせない。完全に元教え子の舌肉の感触に上書きされていった。

（このままだと、射精してしまう……）

元教え子の口内を、精液で穢《けが》すのは抵抗があった。しかし、続けざまに愛撫されて、何をしてもいいような勘違いに囚《とら》われだす。

「んふ、大きくて逞しいのに、容易《たやす》くビクビクしちゃって……」

くぐもった声で、美咲は昂ぶる気持ちをぶつけてくる。

「そんなこと言われても……おおおうっ……」

山元は、甘い刺激に全身を貫かれた。見下ろすと、美咲の大きな黒い瞳とかちあった。太幹に口輪が滑り落ちて、根元まで咥《くわ》えこまれている。

「先生ぇ……遠慮しないで、思いっきり出してっ！」

美咲は貪婪《どんらん》に顔を前後に動かしてきた。ネットリとした生温かい快楽がまとわりつく。更に、両手で精嚢袋を巧みな力加減で揉みしだいてくる。

「うう、んおっ……忍耐力はつけないとな……」

元教え子の手前、痴態ばかり晒《さら》すわけにはいかない。山元は奥歯を噛みしめ、膨れ上がる快楽の泉を堰《せ》き止めた。

「初日ですから、無理しないでくださいい。まだまだ、先は長いですわ……」

「どういう意味だ!?」

「あら、ごめんなさい。話してなかったかしら。先生のザーメンを頂戴《ちょうだい》してから、お話しします……」

美咲は悪戯《いたずら》っぽい微笑みで、顔振りをテンポアップさせた。ジュプジュプと口端から唾液が溢れ出す。プルンッと唇が弾《はじ》けて、肉竿に甘い快楽をもたらす。

(そんな簡単にイカないぞ……お、おおうっ！)

未体験の心地よさに、山元の尻が浮き上がる。

「ウフッ、頑張ってくださるのね、先生……」

美咲の愛らしい顔が獅子舞のごとく、しゃくりだした。小鼻をヒクつかせて、前後左右に美貌が乱舞する。

「ヤバい……これは、イク、出してしまいそうだ」

クルクルと亀頭が、美咲の口内粘膜と擦れる。どす黒い欲望が爆発した。黒い瞳は恍惚《こうこつ》感に濡れて、山元の劣情を煽《あお》る。精嚢袋から新しい刺激まで送られていた。ジワジワとせり上がる熱塊を感じとった。

美咲はチュパッと亀頭の先端まで、唇輪を引かせる。

「いいの、だ・し・て。美咲に飲ませてぇ……」

トントントンと尖った舌先で、亀頭の先端を突いてきた。リズムを刻む舌の動きに合わせて、キュッと吸い込んでくる。

(うお、も、もうダメだ……)

赤瘤の堤防を決壊されていく。ねちっこく舌に攻められ、堰《せき》は自然と崩壊した。怒張がググッと膨れると、美咲はカプリと咥えこんできた。

「んおおお、出るぞ、飲み込むんだ美咲!」

「はむう、んんっ……ふううっ……」

興奮するあまり、山元は立ち上がった。美咲の結い上げた髪の毛をむんずと摑む。熱いザーメンが噴きだし、美咲の喉に襲いかかる。美咲は黒い瞳から涙を流し、ギュッと山元の太ももを抱きしめるようにした。

「んんぐっ!? んんっ、ふむうう、んんぐっ、んぐっ……」

爆《は》ぜる怒張からの射精を、美咲はコクコクと嚥下《えんげ》する。ふくよかな双房を揺らめかせて、羽織っていた着物が落ちる。ウネウネと蠢く肉棒から、最後の一滴を舐めつくすまで、美咲の口は離れなかった。

「んん、ふ、ふううう……すごい粘り気……」

すべて飲み下したのち、ぽってりした唇を綻ばせる。

(すごかった……美咲のフェラチオ……)

下半身の痺れが吹き飛ぶほど、美咲の嚥下姿は刺激的だった。

「じゃ、先生。お湯に浸《つ》かりましょ。美咲も洗って欲しいから……」

顔を赤らめる美咲の腰が震えていた。

(さっき射精した場所か……)

ここに来て、フェラチオをする間、美咲は我慢していたのだろう。彼女のシナリオでは、浴室の中で手コキされる予定だったらしい。

膣筋肉を引き締めて、ザーメンを漏らすまいと我慢していたようだ。

「美咲、さっきの話は？」

湯船に入ると、開放感に体が包まれた。

浴槽の縁の段差は二段構成になっていて、一段目に腰掛けると、おへその位置に湯面がくるようになっている。二段目は乳首あたりまでお湯に浸かる深さだ。

山元が二段目にお尻を下ろそうとしたとたん、横から美咲が裸体を密着させ、肉棒を摑んできた。また一段目に腰掛けるよう、誘導される。

「先生も、美咲の体をきれいにして……」

白い濁り湯の中で、美咲がささやいた。

「分かった……じゃ、じゃあ、会話をしながら……」

山元と美咲は、たがいに半身浴するように湯に浸かりながら、互いの肉体をまさぐりあう。

（本当に綺麗でエロイな……）

美咲の巨乳に目を奪われながらも、若い女体のおへそから腰にかけて、山元は柔肌を味わうように指を這わせた。

「今回のおもてなしは、先生の癒しを企画した方と、美咲の親友もメンバーなの」

山元が美咲の太ももの付け根に手を忍ばせる。美咲は説明しつつ、小柄な体をピクッと震わせた。

「ふむ。今日だけかと思っていたが、違うというわけか……」

「そうよ。先生の癒しが一日で出来るとは思えなかったから……」

簡潔な説明によると、癒し相手は美咲を含めて三人らしい。山元は一人あたり三日間、宿泊を共にして、淫らなおもてなしを受けられるのだという。

「他のふたりは誰なんだろう……」

思っていたより遥かに濃密な時間を過ごすことに驚きつつ、山元は他の二人の名前を尋ねてみた。

「会えば分かります。先生のよく知っている人です。美咲は、セックスしている時に他の女の名前を言いたくないの。だって……」

キュッと愛らしい唇を噛みしめた。

(そんなに俺が好きだったのか!? 明らかに嫉妬しているじゃないか)

元教え子の好意と分かりやすい態度に、淫棒が硬くなった。美咲のまろやかな太ももの間に、山元は指を喰いこませた。

「やっ、先生……いきなり……」

ペニスを摑む白い指に力がこもった。

「ああ、悪かった……こうだな」

鉤型《かぎがた》にした中指で、美咲の叢《くさむら》を撫でる。つるりとした丸い顔が、淫らに蕩ける。

眉毛をたわませて、目尻を下げた。

（また乳首が勃ってきたな……）

ムクムクッと十年分の肉欲が頭をもたげだす。中指をスライドさせると、美咲の白い裸体は小刻みに跳ねた。

美咲は切なそうにつぶやく。

「先生、乳首を責めて……可愛がってください」

「あ、わ、分かった……」

魅惑のふくらみに、山元は顔を近づけた。立体感のある球体は、汗と湯滴に濡れていた。昂りに息づき、乳輪から卑猥《ひわい》に尖り立っている。

（指先が美咲の中に入った……）

と同時に、美咲の右胸に吸い付く。コリコリの乳首を舌先で、緩急を入れて転がした。

「ふああ、ああんっ、いい、いいのぉ……」

細かい女襞から、へばりつくザーメンを掻《か》きだす。美咲は我慢できないように、体を仰け反らす。ブルンッと突き出た美乳へ、吸い付いて、舐めまわした。

「んあっ、もっと指を動かして……」

美咲は卑猥に腰をくねらせた。

「ああ、美咲も溜まっていたんだな」

中指に人差し指を追加し、グルグルと蜜洞を掻き回す。面白いように精液が湯に流されていった。

(五年分の肉欲か……)

美咲は二十八歳のはずだ。三十路《みそじ》を迎える女体は、性欲盛りになるだろう。セックスレスの日々が続いたなら、温もりを欲しがるのは当然だった。

「結構、濡れ方が凄いな……」

驚いたように山元がつぶやく。華蜜がなければ、ザーメンは指でこそぎ落とさないと取れない。大量の愛液が指の動きに貢献してくれていた。

やがて、美咲は山元の肉棒から右手を離した。

(もう、いいのかな……)

山元も美咲の乳房と秘裂の嬲りを止める。

「ふうう、先生……バックから突いてください……」

浴槽の縁には、手すりがついている。美咲はそれを摑み、湯の中からヒップを出した。ザバアッと湯の音が浴室に響く。

（なんて魅力的な……）

山元は改めて生唾を飲んだ。小柄な美咲には似合わない丸々とした桃尻だった。艶々と光るヒップには、余すことなく熟れた脂がのっていた。

「なんていやらしい姿だ……」

ポツリと山元がつぶやいた。何気ない言葉に、美咲は敏感な反応を示す。

「んん、言わないでぇ……恥ずかしくなっちゃうぅ……」

我慢できないような素振りで、美咲が振り返る。濡れた瞳は、さっきよりも数倍妖しい思いに染まっている。

「分かったよ。ああ、ここかぁ……」

平静を装《よそお》う山元も、垣間見える女壺に、生唾を呑む思いだった。

（一回挿入したら、二度と抜きたくなくなるかもしれない）

なめらかな脚線美が、クネクネと動く。

山元は両手で左右の尻たぶをつかむ。ムチッと張りつめた桃尻に、指は容易く馴染んだ。剝《む》きたての卵のような張り艶に、股間の怒張は強張りを増した。

「ああんん、焦《じ》らさないでぇ……」

ねだっても挿入されず、美咲はおかんむりらしい。

ゆっくりと尻たぶを左右に分ける。可憐な二枚の花弁は開いていた。ジッと見つめていると、艶やかな声が鼓膜を揺すった。

「んんあ、先生、早くぅ……美咲をメチャクチャに貫いていいからぁ……」

美咲は甘く切なそうにいななないた。湯煙の隙間を澄んだ声が通り抜ける。ふと、山元は気付いた。

(浴室に反響する声は、こんなにいやらしく響くのか)

甘くしなった声にエコーがかかると、耳に色気がまといつくようだ。それを聞いた美咲も恥じらいのあまり、うなじを朱色に染めている。

誘われるように砲身をあてがう。濡れ襞に亀頭が当たると、桃尻はブルンッと震えた。

「じゃ、じゃあ、いくぞ……」

立ちバックは、背後から襲うという感覚がさっきよりも強かった。山元は抜き身をズブリと沈めていく。昂りと興奮に、挿入のタイミングが早まる。

美咲のスレンダーな裸体が、綺麗に反った。

「は、あああっ……いいんっ、いいのぉ……」

女体が細かく痙攣《けいれん》する。亀頭を押し込むと、一気に肉襞がかぶりついてきた。

「んお、おお……」

高い膣圧で喰い縛《しば》られ、山元は雄々しく呻いた。

(もう若くないと思っていたが、十年ぶりの淫戯はたまらんな……)

二度吐精したせいか、興奮しながらも理性は働いた。美咲は、濃厚なセックスを所《しょ》望《もう》しているはずだ。ただ肉欲にあかせて互いに貪《むさぼ》り合うだけでは芸がない。

「ああ、んんっ、先生ぃ……はううっ……」

これまでと違う抽送《ちゅうそう》に、美咲は濡れた瞳で振り返った。

蜜壺の肉襞を捏《こ》ねまわし、奥蕊《おくしべ》を目指す。肉傘が襞スジを抉《えぐ》りこむ。桃尻の内奥がざわめき、太幹に絡みつく。煮えたぎる熱量に、肉棒が揉みくちゃにされた。

「んお、凄いな……ふううっ……」

山元は軽く奥歯を嚙みしめた。射精欲が波立つものの、耐えしのぶ。

(美咲の膣底に行かないと)

いままでは、牡欲でわけが分からない中で、果ててしまった。そうならないよう、スローテンポで蜜肉を切り裂いていく。太傘が女壺を拡張する。

「ふああっ、ああんっ、いい、美咲の芯まできてぇ……」

なめらかな桃尻を蠢かして、美咲は手すりをギュッと摑む。

(ほお、結構深いんだな……)

山元はゆっくり亀頭を沈めていった。女襞に舐めしゃぶられ、きつく愛撫される。構わず進めていくと、切っ先が終着点にたどり着いた。

「ああーーんっ……ひい、いいのっ、あんんっ……」

美咲は牝鳴《めすな》きを繰り返す。澄みわたったいななきが、檜の壁から跳ね返る。エコーとなり、ふたりを昂らせた。

「んお、捩《ね》じ切られそうだ……」

ピクンッとスレンダーな女体が弾けた。男根が根元から先端まで、蜜襞に絞り込まれる。モゾモゾと奥襞が亀頭冠から裏筋を嬲ってきた。

「は、はあっ……先生、動いてぇ……ジンジンしちゃう……」

堪《こら》えられないとばかりに美咲は哀訴してきた。

「ああ、分かった……」

ゆらりと亀頭を引かせていく。最初はストロークを短くする。少しずつ長くして、美咲の女壺の緊張をほぐす。パンパンと桃尻と股間が叩き合う。

「あんっ、いいの、もっと、美咲をイジメて……」

背を反らせて、美咲は甘い声で鳴いた。蜜洞の硬さがなくなると、山元は腰繰りを変えた。膣浅で亀頭を泳がせる。もどかしそうに美咲は桃尻を振り出す。

「いやんっ、焦らされるのダメぇ、はあんっ……」

啜り泣き始める美咲が桃尻を突き出してきた。

まさに、同じタイミングで、山元は極太を穿《うが》ちこむ。

「ああ、あっはーーーんっ……いい、いいのぉ……」

「んお、美咲の中で融けてしまいそうだっ」

ザラメ状の襞スジに肉棒を削られた。子宮頚部では、射精するよう、強烈な締め付けで促してくる。山元の情欲も少しずつ昂っていった。

(やっぱり、長いピストンはまだ無理だな……)

美咲の襞スジは超一級品で、うねりや搾り立てが上手過ぎた。餅襞全体で吐精をさせようとしてきた。普通に媚肉でしごかれ、亀頭冠が縛られるのも脳髄を蕩けさせる心地よさだ。

(まだ、こっちも耐性がないしな)

美咲の膣手は、ピンポイントで山元の性感帯をついばんでくる。蒼い快楽電流がほとばしった。媚肉に切っ先を炙《あぶ》られる。いやが上にも射精欲が頭をもたげだす。

「は、はんっ、先生、奥を突いてぇ……」

ゾクリとする流し目で、美咲はおねだりしてきた。

「ああ、分かった……」

三浅一深のリズムを止めて、力強いストロークを開始した。互いの脳味噌を空《から》っぽにするくらい、鋭く突き上げる。

「ひゃんっ、ああんっ、あん、ああんっ……」

美咲の結い上げた髪が、ほつれてバッサリ落ちる。清楚《せいそ》な女将が一匹の牝女になったようだ。濁流のごとく、女体がうねる。膣壺が肉幹を熱く抱擁する。

その時、山元は新たな刺激に思わず咆哮した。

(おおうっ、ザラザラしてる……)

抽送を繰り返す中で、奥襞から粒瘤が出てきたのだ。細かい瘤襞は、イクラが転がるように鋭く甘い刺激を肉棒全体に与えてくる。

「んお、美咲、美咲ぃ……」

山元は跳ね揺れる媚房を鷲摑みにした。魅惑の背中に体を預け、乳房を揉み上げる。乳房の先端は、コリコリに硬かった。

「んんあ、先生ぃ、美咲ぃ、イキそうなの、あ、ああ、ひとりでイクの怖いぃ。お願いぃ。先生ぃ、一緒に、一緒にイッてください……あ、ああ、ああーーーんっ」

美咲は可憐な裸体を弓なりに反らした。バチンと桃尻に、山元の肉竹が打ち込まれる。女肉がわななき、これまでにない力で山元のペニスを絞めあげてきた。

「俺もイクッ、出すぞ、んお、おおおおーーーーーー」

「ああ、たくさん出てますぅ、ああ、美咲、イクッ……」

女体の隅から隅まで、細かく痙攣した。桃尻の内奥では、襞が引き攣《つ》りを繰り返す。複雑なうねりと収縮を繰り返して、山元のペニスから精液を搾りだす。互いを灼き尽くす熱のエキスが、肉棒から膣洞に噴射し続けていた。

第二章　インテリ人妻の誘惑

1

（雪か……）

旅館の部屋から外を見ると、いつの間にかボタ雪が降りはじめている。このあたりの雪は早い方だが、山の中の宿だけに、さらに降り出しは早いようだ。山元はそれを見るともなしに、ぼんやり眺めていた。

ここに来て、気付けばもう三日が過ぎようとしている。その間に美咲は甘く淫らな肉接待を繰り返し、繰り返しおこなってくれて、おかげで少しずつ山元は元気を取り戻しつつあった。

妻にはもう会えないという喪失感は心の中から消えないが、若い女体と交わり続け、生きるエネルギーのようなものを与えられたように思う。

「明日から、相部屋になる子が変わりますわ……」

そう言いながら着物姿で部屋に入ってきた美咲が、テーブルに茶碗を置いた。普段の物腰柔らかい表情は変わらない。ただ、何となく物足りなさそうな様子だった。

「そうか……いろいろ、気を遣《つか》ってもらったな。本当にありがとう」

元教え子へ礼を述べた。

(初日から、何度抱き合ったのやら……)

孕《はら》むのではないか、というほど、山元は美咲を貫いた。すべて美咲のペースに巻き込まれた格好だが、必ず射精まで導かれた。

終わったあとは山元も美咲もぐったりと虚脱するのを、この三日間飽きずに繰り返していた。

「先生は、美咲の体を堪能できましたか？」

「それは、まあ……」

茶碗の湯を啜りながら、視線を自分の股間に落とした。

(まったく萎《な》えないな……現役時代に生徒をそういう目で見たことなど、なかったのに)

十年の禁欲生活のせいだろうか、ムラムラとする感覚がなくならない。

そして情欲とは別に、美咲への気恥ずかしい思いはあった。もとは教え子だし、おまけに未亡人である。

「実は次の子、もう隣の部屋に来ているんですよ」

不意にそう言われ、思わず茶の湯を吐きそうになった。

むせかえる山元の様子に、美咲は声をあげて笑った。元教師が覚えている明るく活発な印象の声を聞いて、不思議と気分は安らいだ。

「そうだったのか……」

隣の部屋に敷いてある布団を見た。毎日、敷きなおしてもらっているが、朝から美咲と交わるのですぐに皺になる。今日も、すでに皺だらけになっている。

(声が漏れていなかっただろうか？)

どうせセックスするのだから問題ないとまで、山元は割り切れなかった。美咲の喘ぎ声と自分の呻き声が、脳内で木霊《こだま》する。

「そろそろ、美咲にも飽きてきたでしょうから……」

山元は美咲の顔を見た。少し悋気《りんき》を含んでいるようにも感じられた。

「精力絶倫みたいに言うなよ。美咲なら、飽きるまでに子供が出来て……」

つい、調子に乗って、口がすべった。

美咲が大きな瞳を丸くする。耳朶《みみたぶ》からうなじが朱《あか》く染まっていた。機嫌を損ねたわけではないようだ。

「フフフ、ある程度はお元気になったみたい。ところで、次の子は美咲の親友なんですよ。誰が来たか分かります？　先生……」

「そういえば、前にも親友が仲間と言っていたな……。ううん、星野朱里《ほしのあかり》じゃないよな？」

山元は当てずっぽうに言った。

（あの子は、美咲と仲がよかった……）

静かで大人しい、清楚ながら目立たない眼鏡女子。それが星野朱里だった。大柄な体型ながら、積極的なタイプではなかった。当時、彼女をバレー部に誘ったのは、山元だった。

「そういえば、朱里は非常に優秀な生徒だったっけ」

山元にとって、星野朱里は頭脳明晰《めいせき》な生徒として焼き付いている。ただ他人より出しゃばらず、欲がない性格のため、もうひとつ成績に伸びがない。そんな彼女に少しでも変わって欲しいと、バレーをやらせたのだ。

運動神経も良く、いい意味で競争意識を持てたようで、たちまち朱里はバレー部のレギュラーを勝ち取った。

「先生、よく朱里って分かったわね……まさか、もう会ったのですか？」

美咲が唖然としてそう漏らす。

その答えに、山元はまた茶を吹きそうになった。

「え、本当に星野だったのか!?」

驚きを隠せなかった。

美咲は、やれやれ、と言った表情で首を振った。

「朱里もね、あの頃から先生のこと大好きだったみたいよ」

「嘘だろう？　そんなこと一言も……」

中年の元教師は年甲斐もなく動揺した。

「もう、先生は鈍感なんだから……でも、奥様のことがあったもの。仕方ないわよね」

穏やかな微笑みを浮かべて、美咲は話し始めた。

朱里は大学卒業後、司法試験を受けて弁護士になったのだという。そうして地元の雁木町にある弁護士事務所で働いていた。

らしい。

ずっと美咲とは連絡をとりあっていた仲で、山元の話題は会話すると必ず出てくる
「実は、奥さんのことも朱里に聞いたの……」

美咲は申し訳なさそうな表情になった。

「人の口に戸を立てるつもりはない。美咲や朱里が気にする必要はないさ。ただ、ポッカリと穴が開いてしまったような気分は、今もどこかで続いてるんだ」

山元は正直な気持ちを話した。

（そうか、星野朱里か……）

国立大学に進学した、という点までは耳にしていた。だが妻のこともあり、そこまで卒業生の将来に気を配る暇はなかった。

「先生の心の穴は、美咲で埋まったのかしら……」

何気なく、美咲は尋ねてくる。

「もちろん。俺にはもったいないような、もてなしをしてもらったよ」

山元は美咲と視線が合うと、慌ててそらした。

（こんなことをするのは、美咲だけかと思っていたが……）

星野朱里は非常に大人しい女性である。少なくとも教師と生徒の頃は、他人を押し

のけるタイプではなかった。

「朱里は隣の部屋にいるので、今、呼びますね」

美咲の根回しの良さに、山元は舌を巻いた。

「ちょ、ちょっと……待て」

「じゃ、美咲は失礼いたします。朱里で物足りなかったら呼んでね」

妖艶な微笑みを残し、女将は部屋からいなくなった。

(何で俺はドキドキしているんだ……)

朱里も美咲と同様、元教え子ではないか。胸が高鳴る理由はないはずだ。ゆっくり深呼吸しながら、茶を啜った。

その時、部屋の外から「よろしいですか」と声がした。

「あ、はい……どうぞ……」

頓馬《とんま》な反応で、山元は相手を迎え入れる。

「ああ、先生……ご無沙汰しております」

落ち着いた様子で入ってきた女性は、驚くほど垢抜《あかぬ》けた美人だった。黒いストッキングから、濃紺のタイトミニスカート、白のブラウスを見事に着こなし、いかにも出来る女性といった印象だ。

（本当に、星野朱里か……）

整った顔立ちには星野朱里の面影はあるものの、山元はそこまで確信を持つことができなかった。

ただ唯一、女性のかけている黒縁眼鏡が、かつて朱里がかけていたものと同じ印象だった。

それでも、決して派手ではないが自信に満ちた女性の雰囲気は、学生時代に見慣れた控えめな朱里のそれとは、まるで違っていた。

「畳だと座りにくいだろう。あちらで話そう……」

山元と朱里はソファが対面式に置かれている、庭に面した広い窓の近くへ移動した。

「本当にご無沙汰だな……元気そうでよかった……」

「ええ。先生は？　お疲れのようですけど……」

朱里が椅子の取っ手を摑み、少し位置を直す。その動きの中で、お尻がこちらを向いた。

（うおおお……）

反射的に山元は、心の中で叫んでしまう。

肉感に満ちたヒップだ。黒いニットの布地が、丸々とした臀部を浮き上がらせる。

「ああ、いや、そんなに疲れてはいないさ……」

半分、うわの空の返事をかえす。

クルッと朱里は振り向いた。艶々の黒のロングヘアーが、甘く靡いた。

「フフフ、美咲に誘惑されて、燃え盛るようになりました？」

山元は吃驚《びっくり》した。

「美咲からは色々と聞いています。朱里も、二人のセックスを拝見しましたけど」

更に、山元は仰天《ぎようてん》した。

(覗《のぞ》いていたのか……それとも、カメラでもあるんだろうか)

この三日を振り返ると、美咲の体に夢中だった。周囲へ気を配る余裕は、確かになかったかもしれない。もしかすると、混浴風呂でのけたたましいセックスまでも見られた可能性がある。

自然と顔が真っ赤になった。

「フフフ、先生は正直よね。だから、朱里は好きなんです……」

「いやあ、あまりからかわないでくれよ……。まあ、美咲に焚きつけられたのかもしれないが、下手《へた》に気を遣わないでくれ。気持ちはうれしいが、こうして会いに来てくれただけで十分だ……」

朱里はジッと山元の顔色を見ていた。

(何て刺激的なポーズを……)

体型が大柄な分、美咲と比較すると、量感があった。

悩ましいほど、ムチッとした艶尻である。手を伸ばしてしまいそうになった。豊かな尻肉は、タイトスカートの布地をパンパンに張らせていた。

「先生、朱里のお尻はお気に召したかしら……」

「い、いや、朱里は結婚しているだろう？　俺に淫らなもてなしなど、したらいけないよ」

キラリと左手の薬指に指輪が光っていた。

「人妻は、他の男を好きになってはいけないの？　そんな法律、見たことも聞いたこともありませんよ」

クネクネと桃尻を蠢かしてから、朱里は座った。

(胸もすごいな……)

山元は視線のやり場に困ってしまった。ブラウスもパツパツの状態だった。サイズが小さいわけではないらしい。大きすぎるバストが、妖しい曲線を描いている。

「夫は転勤しているの。だから、ここ二年くらいはセックスレス。先生よりも、ムラムラしているかもしれないわ……」

眼鏡の奥で、ニコリと朱里の目が笑った。よく見ると、黒いロングヘアーの中に、三つ編みが混じっている。あどけなさはなく、濃艶な女性という印象が強い。

「別に、ムラムラなんてしてしていないぞ」

「そう？　先生が嘘をついたらいけないわ……」

朱里はタイトスカートから、右足を伸ばしてくる。足指まで黒いストッキングに巻かれた先端が、山元の股間を撫でさすった。

「おおうっ、いきなり……」

「フフフ、もうこんなに勃起している。お尻で興奮させちゃいましたね」

伸びやかでしなやかさもある太ももは、ハッとするほど白く、長い。右足の指を揃えて、山元の股間を撫でてきた。

(なんで、こうなってしまうのか……)

浴衣の裾を足先で払われる。無礼な態度には感じられない。

かつての星野朱里は、黒縁眼鏡をかけた柔和な眼の持ち主だった。柔らかい印象の朱里に、自然と好感を抱いていたものだ。

「先生、朱里のブルマのお尻を見たくて、バレー部に勧誘したの？」

　クスクスと朱里は笑う。

「そんなはずないだろ。あくまであの頃の朱里に、もうちょっと積極性を持って欲しくてだな……おうっ！」

　ボクサーパンツの上から、ザラッとしたパンスト指の感触が股間を焦《こ》がす。

「ムキになるのは、図星の証拠よ。ホラ、もう御立派に……」

　朱里はうっとりした表情で、足先を動かす。

　ばね仕掛けのように、スリットから肉棒が飛び出した。すかさず、左足が股間にやってくる。両方の足裏で、竿を挟まれた。嵩張《かさば》ったエラに、親指を引っ掛けられる。

（美咲とは違う色気だ……）

　妖艶なフェロモンをふりまく美咲に対して、朱里には母性と包容力タップリの魅力があった。

「ちょっと待て。話が終わっていないのに……」

　山元は淫戯を止めさせようとした。

（朱里は夫のいる身だ）

　不倫の蜜戯は明白だった。何とか朱里の嬲りを諌《いさ》めなければいけない。

　だが眼鏡美女はそこで、声のトーンを落として打ち明け始めた。

「先生、女は三十歳目前になると、人肌恋しくなるみたい。夫と結婚したばかりの頃なら、ここまで大胆になれなかったかもしれないわ。でも、セックスレスになった今はもう、体が疼《うず》いて仕方ないの……」

本音を素直に出されると、山元は何も言い返せない。

「その気持ちは分かるが……んんお……」

妻を亡くした時の気持ちと、重ねてしまう。

シュルシュルと右足の裏が、亀頭に移動してきた。

（焼けそうな勢いだ……）

牡《おす》欲が燃え盛り、脳内が煮えたぎった。やがて、ヒクヒクと尿道口から、白い粘液が溢れる。

「やだっ、先生。もう、興奮しすぎです。朱里は、まだ何もしていないのに」

「そんなことあるか！　う、ううう……」

山元の口調が荒げてしまう。

朱里も興奮しているらしく、瞳を潤ませた。ストッキングにくるまれた足が、ゆるゆると元の位置に戻る。

「朱里が欲しくなった？　先生……フフフッ」

立ち上がり、山元の前に立ちはだかった。

（すごい迫力だな……）

華奢《きゃしゃ》な体型ではないため、桃尻も立体的に迫《せ》り出していた。胸が重たげに揺れると、山元は息を荒げた。

「ウフッ、すごい眼ね。食べられちゃいそう。朱里の好きな視線だわ」

「何をするつもりだ……」

現役弁護士の人妻美女は、何を考えているのか想像もつかない。ひじ掛けのない椅子に、朱里はにじり寄ってきた。

「そのままにしててね……」

両肩に手を置かれる。ゆっくりと朱里は腰を落としてきた。ストッキングは太ももで止まっており、ウエストラインまでいっていない。ムチッとした白い太ももが目に留まる。

（このままでは……）

朱里は跨った状態で、桃尻を沈めてくる。巨大な桃のような双臀が、丸々と膨らんでいる。

「ふあっ……」

真面目で大人しかった朱里が、艶《いろ》っぽい声でいななく。

「あうっ、熱い……」

山元も腰を突き上げそうになった。

(ぬかるみにぶつかったのか……)

その時、朱里がショーツを穿いていないと知った。叢の茂みはなめらかに湿り気を帯びている。

朱里は悪戯っぽい笑みを浮かべ、腰をくねらせた。

「ここからは、先生次第。朱里を喜ばせることができたら、お尻を委《ゆだ》ねるわ。先生が朱里を美味しく味わってくれれば、もっと、いいご馳走を出してあげますわ」

「何だよそれは……」

甘い匂いと生々しい女の香りに、山元は顔をそむけた。

(いまのままでも、射精しそうなのに……)

才媛の美女のバストは眼の前にあった。白い肌は僅かに熟れた脂をのせている。鎖骨から艶乳にかけては、メロンの果肉のようなまろやかなふくらみと、柔らかさを感じさせる。

「美咲のセックスを見たと言ったでしょ。オッパイが大好きなのよね？　山元先生。

朱里のオッパイは好きになれない？」

「そ、それは……」

山元は顔を真っ赤にした。肉棒が更に強張り、メキメキと嵩を高くした。

「きゃっ、先生すごいわね。その調子で、朱里のオッパイも召し上がって」

「いや、しかし……」

ブツブツ言いながら、自然と手は両房にかぶさっていた。

（これは……すごい大きさだ）

美咲の隠れ巨乳とは根本的に違った。ブラウスとブラジャー越しでも、朱里のバストサイズが分かる。両手に収まらないボリューム感が、山元を興奮させた。

「これから先に進むと、戻れなくなってしまう……」

戸惑いと情欲に、山元の心は揺れた。

クスリと笑って、朱里は理知的な美貌を近づけてきた。

「朱里とひとつになって、気持ち良くなりたくないの？」

右の耳から囁かれる。ゾクッと甘い息が吹き込まれた。

（おお、やっぱり駄目だ……）

ひとりでに指が動き出した。丁寧にブラウスのボタンを外す。

「濡れているな……」

「やっ、言わないでぇ……」

刹那《せつな》、朱里は恥じらいの瞳を見せた。

（この表情は……）

真面目で大人しい性格が、チラリと仕草から覗ける。朱里は以前よりも自信を持ったのだろう。堂々とした態度で、騎乗位をせがんできた。そのはざまで、朱里の変わらない部分が見えた。

「ううおお……」

数センチだけ、朱里は桃尻を沈めてきた。広い蜜口が一気に絞まり、亀頭を包み込む。ビクッと肉棒が震える。

「ウフフッ、先生は余計なことを言わなくてよろしいかと。ただ、朱里の体を美味しく味わってください。でも、言葉攻めやリードをしたいなら、おっしゃってくださいね」

朱里は椅子に膝を乗せて言った。

しばらくすると、見事な乳房が眼前にあらわれた。ブラウスのボタンを外すと、ブラジャーが双乳から外れた。ボンと砲弾のごとく、巨乳が突き出る。甘い匂いと優美で妖艶なライン、釣り鐘型の肉球に、山元は喉がカラカラになる。

「じゃ、じゃあ乳首から吸わせてくれ……」

「はいはい。どうぞ、先生」

潤ませた切れ長の瞳で朱里は見下ろしてきた。肩にのせていた両手は、山元の頭を撫でている。

釣り鐘型の乳房は、バスト九〇センチはあるだろうか。そっとさすりながら、小さ目な乳輪へ唇を寄せた。甘い汗を吸いとる。

「はあっ、ああんっ……」

朱里はクンッと天を仰《あお》ぐ。たっぷりと脂ののった尻が下がった。自然にペニスが蜜扉を割り裂いた。いななく語尾が切なそうに濡れる。

(すごい襞が細かい)

張り付く肉襞の粒の小ささに、快感が股間を突き抜けた。口の中で、朱里の乳首がムックリと大きくなる。

「反対側のオッパイもどうぞ……」

眉毛をハの字にして、朱里は乳房を近づけてきた。

(ボリューム感がたまらない)

バレーボールに匹敵するような大きさに見えた。山元は言われるままに、もう一つの生乳へ顔を移した。

「んはっ、ああ、いい……」

朱里はキュッと山元の髪の毛を握りしめた。少しずつ乳たぶを、顔面に押し付けてくる。生々しい汗の匂いが鼻腔をついた。

しばらく、乳首を口内で転がしてみる。やがて、朱里から意外なおねだりを言ってきた。山元は眼を丸くする。

「先生は、ただしゃぶるだけで満足なの？」

「いや、そんなことはないが……」

ねっとりとした瞳で、朱里が声をしならせる。

「なら、お願い……激しくして！　歯形をつけてもいいの。優しくしないで。鷲掴みにしたいでしょ。全然遠慮しなくていいから、滅茶苦茶にしてください」

耳元で妖しく囁かれる。

（本当にいいのか……）

生々しい体臭と甘いフェロモンで、山元は何も考えられない。

「ふううつ、チュパ、あむ、カリン……」

朱里の右乳を吸いなおす。新品同様の艶乳に、喰らい付いた。左乳を手で揉みしだく。瑞々《みずみず》しい乳肌に指が吸い付く。

「ああんんっ、そう、先生に可愛がられて、朱里は嬉しくてたまらないわ……」

荒々しい揉み立てに、朱里は感嘆の息を吐いた。

ムチッと張りのいい乳房がひしゃげる。山元の指の動きで、乳肉は淫らに形状を変えた。同時に、反対側の乳首へ軽く歯を立てた。

(激しく攻められるのが好きなのか……)

蠱惑の乳塊に夢中で、必死にこねくり回す。右の乳肉にも指をすべらせる。指の間からはみ出た乳首を、唇で吸引する。

「いいわ、先生のぉ……ウフフッ、はい、ご褒美……」

朱里は恍惚の汗を浮かべて、いよいよ桃尻を沈めてきた。

「んんおおお……」

突発的な刺激に、山元は呻いた。

(美咲よりも喰いしばりが強い)

ザラメのような膣襞で、肉柱をキツく搾られる。衝撃の電気が尿道を伝播《でんぱ》した。ムクムクと射精欲がぶり返し、大きくなる。下半身に痺れが行き渡った。

熱い蜜洞は、ペニスを簡単に受け入れた。代わりに、引き抜けないほど強い力で絞めつけてきた。動けないくらい、媚肉は強く抱擁してくる。

「美咲より体には自信があるの。でもセックスになると、話は違うわ。ただオッパイが大きいとかだけでは、片づけられないから……何年もしてないと、不安になるの。大丈夫なのかなって……」

「ま、まあ、そうだな……ただ、余計な心配だろ。朱里の体に、俺も欲情しているよ。むしろ、俺のモノに……」

相手のペースに巻き込まれかけて、山元は慌てて口をつぐんだ。

（朱里のなかは熱い……）

溢れる愛蜜で、肉傘は淫靡に光った。細かい襞が、四方八方から揉みくちゃにしてくる。熱く騒がしい女壺に舐められ、山元の脳天は蕩けていく。

「ああんっ、先生の大きくて長いぃ……夫なんて比較にならないわ。はああ、これが欲しかった……朱里に味わわせて……」

スルリと根元まで美尻が落ちた。刺激の塊が、一気に二人を襲う。

「奥まで来るうっ……」

朱里の大柄な体が、竹林のごとくしなった。バストとヒップを強調しているため、ボディーラインも重くメリハリがあった。

「先生のモノ、硬くて立派ね……ううんっ……」

熟壺の奥にペニスが当たった。ゆっくりと、聳え立ちは朱里の内奥を押し上げている。流麗なボディーラインが、クネクネと動いた。

「ああんダメ、もうイク、来ちゃううっ」

(ううっ、すごい締め付け……)

ビクンと女体が仰《の》け反《ぞ》り、肉棒への膣圧が一気に高まる。ギリギリと興奮を送られて、射精欲が跳ね上がった。山元は双房から桃尻へと、両手を撫でおろしていった。

「ああん、先生より先にイッちゃった……。でも、これからが本番ですから。いっぱい気持ち良くなってくださいね」

まるで、男の心理状態を読んでいるような口調だった。

「どういうことだ……んお、ほおうっ……」

経験したことのない刺激に、山元は奇声をあげた。

「ウフフッ、いいでしょ。あん、くあっ、ああっ！」

朱里は桃尻を前後左右に振り出した。フルフルとたわわな胸の実りが揺れる。黒縁の眼鏡美女は、ヒップのローリングまで披露《ひろう》してくれるのだ。

（燃える……）

蜜液の滴る女襞と肉竿が激しくこすれた。ビリビリと鋭い刺激に、もっと怒棒を突き出したくなる。眼前の朱里を、もっとよがらせたい衝動に駆られた。

「ピクピクしてる。でも、もう少し堪えて……」

耳元で囁かれると、拒絶は出来なかった。

朱里はいやらしく腰を振り出す。おへその下を撫でて、山元のペニスを確認しているようだった。色っぽい息遣いは荒れていた。

「うおっ、ヤスリでこすられているようだ……」

山元は快哉《かいさい》を叫ぶ。

（襞がどんどん細かくなっている）

内奥で女肉と亀頭がもつれ合う。愛液を介《かい》して、朱里の子宮膜を抉《えぐ》りあげた。ドロリと蜜汁が濃くなると、更に襞が密着してきた。

艶めかしく乱れる朱里の姿に、射精欲が強まる。

「ンフフッ、はあっ、まだっ、もう少しお願い……」

朱里はゆるりとローリングを弱めてくる。

擦れ合いが微妙にスローテンポになった。肉ヤスリの味わいが薄くなると、山元の股間に押し寄せる波も消えていく。

（朱里のうねりを感じる）

襞スジからの刺激がなくなり、胎内の収縮やうねりにペニスが揉み解《ほぐ》された。再び吐精欲に襲われ、尻穴へ力を籠めた。

「先生の大きすぎるわぁ……ああんっ、はあ、はああっ……」

朱里の白い絹肌から、汗が噴き出していた。ムッと甘い匂いが強くなる。わずかな呼吸の乱れやヒップの動きが、媚肉を揺らす。

「ああ、朱里ぃ、朱里ぃ……」

呻くようにつぶやき、山元は乳房にかぶりついた。ツンと尖った乳首を口内で舐めまわす。手加減する余裕はなくなっていた。

朱里の体がしなる。右手の甲を口元に当てて、ギュッと瞼を閉じた。

「そう、激しぃのいいわぁ……ううんっ、乳首のすり潰される感じ、たまらなく素敵。ふああっ、あひいっ……」

肉厚な体を押し付け、朱里は快楽に喘いでいる。

（ひょっとしてマゾヒストなのか……）

ふと、突拍子もない性癖が頭をよぎる。外見はシックな弁護士の人妻美女が、マゾヒストと想像するだけで、ゾクゾクと背筋に熱い欲望がほとばしった。

「くあっ、そろそろ出そうね……」

快感に美貌を蕩けさせても、朱里は山元の快楽波長を摑んで離さない。薄《う》っすらと開けた瞳に、妖しい光が宿る。

双房のなめらかな肉感を楽しんでいた山元は、股間からの衝撃に、貪りを中断する。朱里の桃尻が、上下に動き始めたのだ。

「うお、朱里、それはヤバい……一気にイキそうになる」

山元は情けない声で白旗をあげる。

朱里は奥襞で亀頭を摑んでいた。その状態を維持して、粘っこく熟尻をしゃくりあげてきたのだ。亀頭冠からもげそうな勢いに、肉棒は悲鳴をあげる。

(人妻に中出しはマズい……)

星野朱里は、二十九歳の人妻だ。離婚してフリーなら、孕ませても問題はないかもしれないが……。だが、主人は健在なのだ。セックスレスの日々を送る美女が妊娠したとなれば、ただで済まないだろう。

「朱里の中に出して！　思いっきりイカせてぇ。ああ、硬いカリが引っ掛かって、痺れちゃうのぉ……ああんっ、いいい、いいのぉ……」

朱里は桃尻を激しく上下に動かした。

かつての真面目で大人しい女子校生の印象は、淫夢となり消え失せていった。桃乳から口を離し、両手で鷲摑みにする。泥粘土をこねるよう、肉房に力を籠《こ》めた。

「ああ、腰が止まらなくなる。あんんっ、朱里もイクッ、先生、一緒に来てぇ。お願いぃ……ああ、あはあーーーんっ……」

ググンと大柄な体をしならせて、朱里は総身を震わせた。高々と浮かした恥骨をおののかせ、ズンと肉杭に沈めてきた。

「んんお……潰されそうだ……イクッ、ほおおお……」

良心の呵責《かしやく》は、牡欲にかき消された。

グニグニと女襞が怒張を揉み潰す。熱いとろみに、うねりも激しくなり、ギリギリと熟壺が肉竿を絞りあげる。せりあがる熱欲は留められず、亀頭がブルッと痙攣した。背徳感もあるせいか、異常な快楽に山元は酔いしれる。硬さ漲《みなぎ》るペニスの切っ先が膨張すると、朱里は獣の雄叫びをあげた。

「ううっ、朱里、出すぞっ……！」

射精欲に勝てず、山元は子種を朱里にぶちまける。狂喜乱舞する亀頭を内奥で感じて、朱里は更に引き攣りを強くした。

「ああーーんっ、また、またイクッ、先生に中出しされて、朱里はイッチャうッ、はあ、はああっ……イグッ！」

弓なりに朱里の体が反った。最高潮の膣圧に揉み潰され、山元は吃驚するほどの精液を、朱里の胎内に放出していった。

2

布団の敷いてある部屋に移った。行灯型ライトが灯った空間が、淫猥な雰囲気に感じた。ふたりで横たわると、美咲の残り香が染みついていた。

「ずいぶん、変わったなあ……朱里も……」

山元は、積極的な朱里の痴態に感動していた。

(年月は、女をこうも変えてしまうものか……)

恥じらう表情や、上目遣いで甘く睨む顔は、高校時代の朱里を彷彿《ほうふつ》とさせた。ただ、男を肉体的に悦《よろこ》ばせる術《すべ》や、悪戯っぽい微笑みは、山元が全く知らない女としての一面だった。

「成長したと言って欲しいですわ。先生の言い方だと、変態になったような気分です。

普段は淑《しと》やかな女ですから。今回は特別な姿で……」

黒縁眼鏡を触りながら、朱里は口を尖らせた。

どうやら、プライドを傷つけてしまったようだ。山元は朱里の眼を見つめて、ゆっくり言葉を継いだ。

「朱里の言う通り。俺に気を遣ってくれて、本当にありがとう。別に、痴女になったと言いたいわけじゃない。大人の女性になったなあ、と心から喜んでいるんだ」

元教え子の成長は、元教師にとって一番の生き甲斐である。立派な弁護士となり、世の中に必要とされている朱里を、最上級の言葉で褒めたたえた。

「そうですね。先生は、褒めて伸ばす言い方をなさいますから、つい……」

頬《ほお》を紅く染めて、朱里は部屋の隅を指さした。

「美咲のおもてなしを超えないと、朱里の存在価値がないと思いました。そこで、同じ趣向はやめようかと」

「なるほど……」

頷きながら、部屋の隅にある紅い縄が気になった。

(縄と関係があるのか)

縄は毛羽立っておらず、どうやらナイロン製のようだった。ただ、普通のロープではなく、しっかりねじって作られている。しかも、亀の甲羅のように予《あらかじ》め鎧《よろい》の形で縛《しば》ってあった。

「あれで、朱里を縛ってください……今度は、先生が攻め。受けはわたし」

朱里は恥じらうように顔をそむけた。

「縛る？」

言葉の意味がよく摑めず、山元は復唱した。

しばらく、ふたりは半身を起こした状態で向き合っていた。朱里はストッキングだけ穿いている。横座りで、チラチラと黒縁眼鏡越しに、様子をうかがってきた。

「え……本当にか……」

山元は朱里のプライドを尊重し、言葉には出さない。

（本当にＳＭごっこをやろうというのか!?）

山元は道具を使ったプレイに詳しくない。きっと、そこまで調べた上で、縛りの形が出来上がっているのだろう。

卑猥に縛られた美女の姿を想像し、淫欲の復活を自覚する。

山元は紅い縄を、朱里の裸体にかぶせた。

「先生、朱里の言うとおりに、緩めたり締めたりして、縛ってくださいね」

ぽってりした唇を震わせて、朱里は目元を紅くする。

「ああ、最後はどうすればいいんだろうか……」

困惑気味に山元は縄を柔肌に喰いこませていく。

「背中に両手を回しますから、縛ってください」

朱里の躊躇《ちゅうちょ》ない言葉に、山元の方が狼狽する。

「そうしたら、自由が利かなくなるだろう。困らないか？」

馬鹿正直な心配に、朱里は甘く睨み上げてくる。

「緊縛プレイですから。先生、もっとサディスティックになって。命令調で朱里を堕《お》としてください」

次第に朱里の切れ長な瞳に、別の光が灯りだす。

メリハリのある肉感的な乳房が、更に強調された。卑猥な突き出しに、股間の逸物が熱を孕む。なめらかなボディーラインが、一際《ひときわ》淫靡に見える。

「先生、手首をもっと強く縛って……」

「しかし、もう解けないだろう」

「そういう問題ではないの。お願いします、御主人様」

口調が変わり、山元は内心驚いてしまう。

（御主人様って……）

ムクムクと膨れ上がる情欲の発散方法に、山元は悩んだ。その時ふと、バレー部の師弟関係の思い出が蘇った。酷《こく》だと思いつつ、かつて山元はスパルタ式に朱里をしごいた時期があった。そこから、朱里はレギュラーの座を勝ち取ったのだ。

「ほら、先生……命令して」

貞淑な人妻美女の囁きに、山元の口から、つるりと言葉が飛び出した。

「まずは、口だけで慰めてみろ。欲しいんだろ？」

自分でも驚いてしまう。

朱里は瞳を潤ませて、縄だらけの裸体で頷いた。うつ伏せの姿勢で、二本足だけが自由の利く状態だった。

「そうですぅ……朱里、本当は欲しくてたまらなかった。でも、ノーハンドフェラなんて……」

淫らではしたない朱里の痴顔に、肉棒は硬く張りつめていく。

山元が腰をおろし、後ろ手をついて股間を広げて見せると、青虫のように、朱里は這いずってきた。

「何だ、出来ないのか!?　やらないとセックスしてやらないぞ」

別人に切り替わったような感覚になりつつ、山元は厳しい口調で言った。

「いえ、やります。朱里、必死に御主人様のモノを咥えてみせます」

卑猥な姿で、淫靡な台詞《セリフ》を朱里がつぶやく。それだけで、山元は射精しそうな勢いで昂《たかぶ》った。

朱里は、さっきの上から目線とは違う態度で、肉竿へ舌を伸ばした。舌先が裏筋に触れた瞬間、ビクンッと山元の肉棒は跳ねる。

「感度抜群ですね、御主人様。チュル、チュパ、んふ、硬さも元に戻っている。すごい回復力だわ……」

懊悩する視線で、チラチラと朱里は見上げてきた。腰を突き上げたくなったが、必死でこらえる。

朱里の体が汗にきらめく。ぐっしょりと縄は濡れて、白い柔肌に突き刺さる。ズシッと重そうな釣り鐘型の双房が、フルンッと揺らめいた。

(手コキしないで、ここまで感じるのか)

美咲は手と舌を上手く使い分けて、アクメに引き上げてきた。朱里はまるで違う。魔法がかかったように、舌先だけをクルクル躍らせ、山元の劣情を煽ってきた。

「御主人様……どうか朱里の頭を摑んで、思いっきりなさって……」

「んおお、よし……」

朱里は、山元が攻めてくるのを待っていたのだ。

山元は朱里の前に仁王立ちになると、蕩けた顔へと肉棒を突きつけた。

(元教え子の口を……)

モノのように扱うのは、良心が痛む。だが一方で、メラメラとどす黒い欲望が燃え始めていた。導かれるように、肉棒の切っ先を朱里の唇にあてがう。

「ふううんっ、この瞬間を待ちかねていたの……さあ、御主人様ぁ」

しなった声でおねだりされる。見えない力が、山元の腰を押した。

「んんおお……」

山元は快楽を咆哮しながら、眼鏡美女の唇をペニスでこじ開けていた。プルンッとゼリー状の唇肉が、艶めかしく揺れる。

「はむんんっ……あんんぐっ……はうむうう……」

一瞬、苦しそうに表情を歪《ゆが》めたが、朱里はすぐに恍惚の微笑みを浮かべた。搦めとるような舌の動きが、肉棒を硬くした。

(朱里がいやらしく首を振るとは)

ぺこりと頬を窪ませ、朱里は見上げながら美貌を上下させた。ジュポッと卑猥な水音とともに、燃えるような衝撃が山元の腰を痺れさせる。

自分の前で肉棒を頬張る女の顔を両手でがっしり摑むと、そのままオナホールに突き入れるように、怒張を口腔の奥へと突きこんだ。

「ほんんんんぅっ！」

モノのようにガツガツと顔を犯す。手でペニスを摑んで調整することなど一切できない奴隷のイラマチオを、可愛がっていた教え子に強《し》いているのだ。

興奮の津波に山元は呑まれていく。

「もっとカリと裏筋を嬲ってくれ……」

元教師にあるまじき淫らな命令だった。

眼鏡の奥の目に涙を浮かべながらも、朱里は蕩けた顔で見上げてくる。人妻はコクリとうなずくと、唇を押し付けるように亀頭へまとわりつかせてくる。

「んっ、んぅぅ……」

紅潮した顔で朱里はペニスへと吸い付き、山元は容赦なく喉奥へと肉棒を突き立てる。激しく頬や喉まで突かれながら、朱里は健気に舌を絡みつかせ、カリを刺激した。

「おおうっ、うまいぞ朱里……」

このまま口内に射精したい欲望が高まるが、もっとこの背徳的な口奉仕を愉《たの》しみたい。恍惚の快感に脳内をスパークさせながら、山元はゆっくりと腰を動かしだした。

やがて腰を引き、ずるりと肉棒を人妻の唇から引き抜く。たっぷり塗《まぶ》された唾液が、いやらしく朱里の口から糸を引いた。

「ぷあっ……ち、窒息《ちっそく》させられるかと思いましたわ……素敵だった……」

ようやく呼吸できるようになった朱里が、荒く息をついて呻く。

そんな惨状を晒しながらも、人妻は貪欲に竿を横から舐め、白い豊満な乳房をタプタプと揺らめかせるのだった。

「んふふ、先生、もう挿入したいような顔になっていますわ。ダメッ、こんなんじゃ。もっと御主人様に命令してもらわないと……」

愛《いと》おしそうに、ペロペロと肉棒を舐め立ててくる。赤黒い切っ先に、無数の静脈が浮かび、歓喜に震えた。

射精欲の波が大きくなりすぎて、山元はさらに腰を引かせてしまう。肝心なところで、ペニスを引き抜かれるのが切なくなったのか、朱里は哀訴を変えた。

「じゃあ、ほかのご奉仕も楽しんでくださいな……」

小悪魔の囁きに聞こえた。

「おおうっ……」

チュッと切っ先にキスして、朱里は横たわった。

（こんなプレイをしてもいいのだろうか……）

かつての教え子は、山元にとって誇りでもある。そんな真面目な人妻が、縄化粧でペニスを欲しがっている。理知的な瞳が、さらなる被虐《ひぎゃく》の願望に潤んでいる。

「今度は、パイズリフェラなんて、いかがでしょう？」

まるで喫茶店のオーダーのように、朱里は言った。

ガラガラと元教師の矜持《きょうじ》が壊されていく。山元は、朱里の胸に肉幹を挟みこんだ時点で、完全にタガが外れていた。

「んお、何てもちもちしたオッパイだ……」

「もおお……御主人様、ハッキリ言い過ぎですぅ……」

恥じらいに朱里は顔をそむける。知性的な弁護士の顔はなかった。

「あんっ、熱いわぁ……先生のオチ×チン……」

左右から巨乳を押さえ、硬く反り返った肉棒をはさみ込むと、淫らに朱里も応じた。

仰向《あおむ》けになった女体に、山元がのしかかる格好だ。タップリ熟れた脂ののった乳房の谷間に怒棒を押し込む。ピクッと朱里の体が跳ねた。

「何ていやらしいんだ、朱里……ほ、ほら、咥えるんだ……」

「ああんっ、御主人様のオチ×チン、またおしゃぶりいたしますぅ……」

キラキラとした瞳で、朱里は艶っぽく見上げてきた。こぼれ落ちんばかりの生乳が、縄で張り出している。両手で中央に寄せた。

（んんおお……）

瑞々しい乳たぶは、左右から程よい肉圧を生んだ。

「んはっ、御主人様、大きいわぁ……それに太い……」

黒縁眼鏡越しに、朱里はチラリと牡棒を甘く睨んだ。殺人的なパイズリの感触に、肉竿は早くも痙攣を始める。

（縛られると開放的になるのか……）

大ぶりな柔肉の擦れに、絶大な心地よさが陰茎へと響く。むぎゅむぎゅと、両手の圧する力を変えれば、絞め心地はいくらでも調整できた。

「いいのぉ……あ、朱里の乳首……ひいんっ……」

キュッと強気な眉毛がたわみ、朱里は本能の喘ぎを漏らす。やがて声を抑えようというのか、怒張へかぷっと唇を挟んできた。

「んんんおおおっ」

縦笛を咥えたような、強烈な吸い上げに、山元は咆哮する。ビリビリと果てしない熱が先端に絡んできて、慌てて引き抜く。

「ああっ、御主人様ぁ……もっと……」

朱里が声をしならせてねだってくる。

(何て色っぽい顔を……)

きっと、旦那にも見せたことのない表情なのだろう。背徳感に酔っているような瞳と、媚《こ》びる態度がどこかぎこちなく感じる。

「分かった。もっと丁寧にしゃぶるんだぞ……」

「はい、舌で丁寧に亀頭冠と裏筋をマッサージいたしますわ、御主人様ぁ」

紅い縄を甘い汗で濡らしながら、朱里は裸体をくねらせた。

(また、さっきのようになってしまうからな……)

ふと、乳首が痛々しいほど勃っているのに気づく。紅い小さな肉茱萸《ぐみ》は、コルク状に変化していた。そっと乳輪に指を置いてみる。

「は、あんっ、やっ、そこやっ……」

乳首への攻めは想像以上に刺激を与えるようだった。山元はそこを撫であげながら、さらに肉棒を乳たぶの間へ挿入した。

「んんあっ、いい、気持ちいいの……熱い、御主人様、あむ、はあうむ……」

乳首を引っ張り伸ばす。朱里は、汗ばむ肌をしならせ、怒張にしゃぶりついた。

(無抵抗の美女を……)

さっきまでの罪悪感はなくなっていた。劣情に駆られて、山元は更にペニスを押し込む。

「あむう、んん、ピクピクしているのぉ……御主人様のオチ×チン、いい、あはうん」

チュルッとキスしてから、美女は忠実に舐めまわしてくる。綺麗なピンク色の舌が、穢れた赤黒い亀頭に、ベットリと張り付いた。

「ふおお、いいぞ……」

「ああん、気持ちよかったら、もっと朱里のオッパイ虐《いじ》めてぇ……」

こよりを捻るように、山元は豊満な乳房の先端をねじりこんだ。

「あああんっ……あんっ、あひいいっ……」

朱里は眉間に皺を寄せながらも、懊悩の快楽を叫んでいた。

ユサユサと動く朱里の裸体は、究極の美しさがあった。元々、バレー部に所属していた影響なのか、ウエストラインのクビレが凄い。流れるようなボディーラインに、山元も理性を飛ばされる。

「なかなか、緩くていい。あまり攻められると、イキそうになるからな……」

「あむ、チュパ、そんなこと言わないでぇ……一回や二回で、たたなくなる方ではないでしょうに」

「ふおお、マズイ、ダメだ……」

山元の弱音に合わせて、フェラチオも勢いを増す。

「ここはどうですかぁ……」

コンコンと朱里は口内で、亀頭の窪みをノックしてくる。抑え込んだはずの欲望がムクムクと覚醒していく。

(ああ、朱里ぃ……)

腰が動いていた。屹立の先端を強く舐めるよう、命令をくだす。

「承知いたしましたわ。朱里のオッパイも使ってくださいね」

ドロリとした瞳を光らせ、朱里の舌が亀頭へへばりつく。

肉感的なバストは、指に馴染みやすい。滅茶苦茶に熟房を弄っても、すぐに元に戻る。山元は弾力性に包まれた牡棒を、前後に擦りあげた。

「御主人様の亀頭が大きくて、オッパイで止まっちゃう……」

悪戯っぽい表情で、朱里はクスクス笑った。

「カリが弱いのですね……バキュームフェラもいいのでしょうけど」

朱里の唇は、吸いこみと舐めあげを繰り返す。その中に、キュウッと巻き付けの緩急をつけてきた。

ピストンが途中で止まった。

「ウフフッ、いい顔になって……ビクビクが止まらなくなってきていますよぉ。ああん、濃ゆい匂いも強くなっているぅ……フフフ、ほら、命令して……」

命令と言いながら、主導権は朱里が握っていた。

朱里は唾液を口内に溜めて、舌肉の滑りを良くしてくる。膣内とは違う感覚に、山元のペニスは、爆発の一歩手前まで追い込まれた。

躊躇する暇はなかった。

「早く、ホラ……」

朱里の体がギシギシと軋《きし》んだ。白乳が張っているらしい。淫らに膨れたバストと紅い紐が擦れ合う。

持ちこたえようとする堤は、一気に崩壊した。

「俺の精子を丁寧に飲み下せ。一滴も残らないように、隅から隅まで舌を使って掃除しなさい……いいね、朱里」

「はい、いやらしくいただきますわ。ああ、熱いのが来ちゃうぅ。朱里の体が、火照《ほて》ってきちゃうわぁ……」

ジュボジュボと激しく、朱里は吸い上げてきた。

乳房から肉竿を外し、美女の口内へ突き立てる。朱里は拒絶するそぶりも見せないで、易々《やすやす》と茎胴を飲み込んでいった。

「んおお、出るぅ……イク……」

「んんんあっ、はむううううっ……」

朱里の表情が一変した。余裕のあった微笑みから、淫靡で悩ましい顔になる。頬が亀頭で膨らんでいる。口内粘膜に先端が擦れた。

グググッと野太い怒張が大きくなると、一気に精子が噴き出した。とめどない脈動とともに、ペニスは何度も子種を朱里の口内へ打ち込んだ。

「んぐううっ、んぐっ、んんんっ……」

朱里は眼を白黒させる。

無抵抗の美女に精子を嚥下《えんげ》させていた。不思議と奇妙な征服感に浸る。山元の脳裏にあった清楚で高潔な朱里のイメージ。

それを、粉砕してみたいという、禁忌の暴欲に駆られだした。

「んあっ、はああっ、御主人様、すごい沢山出たのね……。美味しくいただきました。はあ、はああっ……」

トロンと瞳を濁らせて、朱里は美貌をしゃくった。切っ先は萎えることなく硬いまだ。朱里はまた根元まで続く肉竿へ、ネットリと舌を這わせてくる。

(性欲が尽きなくなりそうだ)

朱里もセックスレスの期間が長かったのか、まだ序の口という雰囲気を醸《かも》し出している。チラチラと見上げられると、心の闇を撫でられている気分になる。

「じゃあ、今度は御主人様に〝受け〟になってもらおうかな……」

やはり、朱里はセックスを切り上げるつもりはないようだ。

3

VIP専用客室には、かけ流しの露天風呂がついている。周囲は綺麗に竹の塀で囲まれており、覗かれる心配はない。浴槽の造りは、混浴風呂と一緒だった。

露天風呂の広さは、部屋の広さと同じくらいだ。黒岩がそこかしこにあり、檜風呂からのこぼれ湯が、岩を濡らしている。

行灯を模した耐水性の照明が設置してあるので、二十四時間利用可能だ。

「美咲の時は、ここは使わなかったな……」

元々、美咲はプレイの場所として眼中になかったようだ。

「多分、女将としての矜持じゃないかしら。一応ＶＩＰ混浴風呂は、女将が背中を流すことになっています。だけどそういうのは抜きで、一人の女として御主人様と向き合おうとしていたような気がするの……」

「まあ、それはいいとして……これは？」

かけ流し露天風呂の隅には、相応《ふさわ》しくないモノがたてかけられていた。ひどく目立つビニール製の板だ。それを眺めながら問いかけると、すかさず朱里が答える。

「マットですよ。見たことはないですか？　ローションを使ってこの上でヌルヌルになりながら、気持ち良くなるための道具です」

彼女の緊縛はさっき解いている。縛られ慣れているのか、白い肌に痕はついていない。解かれた紐を、朱里は手にしっかりと握っていた。

「ローション……」

「抵抗があるかもしれないですけど、慣れるといいものですよ。御主人様……」

朱里は背後から囁いてくる。そうこうするうち、山元の両手が背中に回され、縛られた。

「縛る必要性はあるのだろうか……」

「今度は御主人様が完全な受けになるので、動かれると困りますわ」

「このマットは、誰が用意したのかな？」

「美咲に頼んでおきました。ご安心ください。今回のために新調しています。他の男の痕跡が残ったマットなど、御主人様には使いませんわ」

淀みない回答をスラスラと述べてくる。

部屋付きのかけ流し露天風呂は、当然ながら外にある。湯の中ならまだしも、普通に立っているだけでは寒くてたまらない。

「ごめんなさい、ちょっと待ってくださいね」

朱里は手早くローションをお湯に溶き、マットに広げた。

「どうぞ、こちらに横になってくださいな」

言われるままに、山元はマットへ体をすべらせる。生温かいローションが肌に染みこんだ。ゆっくりと仰向《あおむ》けになり、枕の部分へ頭をのせた。

「温め合いましょう」

桶《おけ》の一つをとって、左右の肩からローションをかけ流す。朱里の体がテラテラと艶めかしく光った。

ガバッと大柄な裸体が、かぶさってきた。

甘い匂いと汗の生々しい香りが、ふたりを包み込む。身動きできない山元の胸板に、朱里のメロンバストがのしかかる。

(ローションをつけただけでも全然違うな)

熟れ具合たっぷりの美乳をズシリと重く感じた。先端の勃起した乳首が胸板をすりあげてきた。ゆっくりと乳たぶをスライドさせてくる。

「ふうう、気分は悪くないな」

「当然ですわ。朱里のおもてなしで、御主人様に不快な思いをさせることなんて、ありえません」

チュルッと音が弾け、山元の体が跳ねかけた。

「おおう」

「乳首を吸われたことはないみたい。可愛い反応ね」

しなやかな舌が乳首を前後に嬲ってくる。心地よく甘い刺激に、胸と股間が熱くなった。

女肌と男肌が擦れ合い、ローションの温度が上がる。

「マシュマロみたいに柔らかいな」

「美咲よりいいかしら？」

相当な対抗意識を朱里は持っているらしい。

しばらく黙ってから、山元は誤魔化した。

「同じ体つきなら比較も出来るだろうが。分からないよ」

「ウフフフ、苦しい言い訳ね。でも、さっき出したばかりなのに、ここはビンビンになっている。御主人様の御珍宝は、精力絶倫なの？　すごい硬い……」

チラッと背後の屹立を確認して、朱里はヌルリとした尻肉の谷間を擦り付けてきた。

（おおう、尻スマタかっ……）

ムチッと張り出す二十九歳の人妻の桃尻は、規格外の妖艶さを放っている。豊満な尻肉に、熟脂肪が満遍《まんべん》なくついているせいだろう。

尻たぶの間に挟まれて、マッサージされた。

「うあ、ああうっ……」

互いの体を寄せ合い、密着させる。

朱里の厚い唇が、山元の体にキスマークを作っていく。

（さっきと同じプレイなのに、全然気持ちいい）

寒さで肌が敏感になっているせいか。朱里の体温がじんわりと色香と一緒に伝わってくる。

「乳首がビンビンになっている。朱里のオッパイより尖ってそう」

柔らかい舌先が、山元の乳首を弄った。

「もっと体を密着させてくれ……」

「フフフ、寒いのは我慢なさい。もう、仕方ないわね。御主人様失格だわ、先生」

満遍なくローションを擦り付ける朱里。彼女は温泉で口内洗浄と膣内洗浄《せんじょう》を済ませていた。雁木温泉の湯は、飲料用としても利用可能なほど、清涼であるという。

(肉のふくよかさが美咲とは違う……)

スレンダーな体型の美咲は、芯がどうしても硬い。その分、バレー部にいた朱里は、日常的な節制もあるのか、骨の髄まで柔らかいようだ。大柄な体全部を使って、包み込むように奉仕されるプレイに脳が痺れ上がる。

急に朱里が顔をあげた。

「先生、他の女のこと考えていたでしょ」

超能力者の予言みたいな質問に、山元はタジタジになる。

「そんなことあるはずないだろ」

山元は否定した。

ふうん、と朱里は眼を細める。

(やっぱり気が強い性格みたいだな)

学生時代、朱里は自己主張をしない生徒だった。だが一方で、頑固で気の強い面もあるタイプとも感じていた。バレー部での指導も、あくまで朱里の気持ちに沿うようにしたものだ。

「今の夫とは別れようか迷っているの。地元を離れてしまったし、朱里は先生のことが好きだから……」

「お前、急に旦那さんの話をするなよ」

突然の告白に、山元は動揺した。

「美咲と結婚すれば、温泉旅館を継がなくてはいけないわ。必然的に経営能力を求められる。あの子は、旅館の女将になったから」

朱里は、山元が美咲のことを考えていると思ったらしい。

「今は、慰問の時間だろ。将来の話をしなくても……」

ふと、病死した妻の顔が蘇った。

「ごめんなさい。でも、本気なのよ」

その時、朱里が癒し訪問のためだけに来たのではないと悟った。

「そう言われても……ほおお……」

肉厚な美女の体が反転した。

匂い立つ円熟の桃尻が眼前にあらわれる。同時に、足の指を甘嚙みされた。心地良い快楽に、総身が粟立《あわだ》つ。

「先生、朱里を妻に持てば、毎日気持ち良くしてあげますわ」

色っぽく艶臀を揺すり、朱里は足指を丁寧に舐めしゃぶる。

「その話は、今度しよう」

理性が痺れて、山元はまともな判断が出来ない。

(濡れ光る尻肉を摑みたい)

男の本能を刺激する朱里の美尻。

ローションの化粧をしただけで、淫靡なフェロモンが数十倍になり、山元の情欲を搔きたてる。

「いいわ。先生はフライング出来ない人だから。朱里、信じてあげる。ホラ、朱里のお尻を揉みくちゃにしたいのでしょう。どうぞ遠慮なく」

流し目で背後を振り返り、朱里は微笑む。小悪魔のような妖艶さに、屹立が疼いた。

「どうして分かるのだ」

山元は不満げに鼻を鳴らす。

不敵な微笑みを浮かべて、朱里は手首の縛りを解いた。

「朱里の方が、淫らな気分になっているからですわ。殿方の視線には、敏感になります。お尻に穴が開きそうな気分でしたから」

さあ、どうぞ、と言わんばかりに朱里は桃尻を差し出してきた。

「いやらしくなったなぁ……」

詠嘆気味に言った。

膣華は淫靡に熟れ咲いている。大陰唇の叢から、小陰唇まで丸見えになっていた。秘粘膜がいびつに積み重なり、蠢いていた。

「ああんっ、言わないでぇ。はあ、あああ……」

朱里の様子が明らかに変わっている。

(ひょっとして本当にマゾヒストなのか)

さっきまでの朱里は、懊悩するような表情を浮かべるものの、それは山元の劣情を煽るために思えた。だが今は、余裕がなくなっているようだ。

「真面目な生徒の印象が強かったからな。オマ×コを眼の前に突き出す淫乱な人妻へ変わるとは……」

「ああ、やあんっ、先生、虐めないでぇ……」

トロンとした瞳で、朱里は振り返る。

被虐の悦楽が宿っているように感じた。

(潔癖性ゆえの被虐フェチか……)

普段は清楚で高潔な生活を送っている美女。きっと、禁忌の淫戯を経験し、ハマってしまったのかもしれない。

朱里の隠れた性癖は、山元のどす黒い欲望を更に掻き立ててくる。

「んんおおお……」

股間に衝撃が走る。

「先生、朱里を虐めるから。お返しよ」

豊満な乳房で肉棒を挟みこんできた。ローションで、膣内に挿入した擬似《ぎじ》体験の感覚になった。肉厚な乳たぶの圧力が、ペニスを滾《たぎ》らせる。

「すごくうねっているな……朱里のここは」

スルリと大陰唇、小陰唇へ指を沿わせた。

「あひぃ……先生、ずるいわ……ああんっ」

朱里のふっくらしたヒップが震える。二枚ビラが、複雑に蠢き、懊悩にもだえる。桜色の裏肉に愛液が潤みだす。

「指の使い方が変わったわ。実はプレイボーイだったのかしら。ふあ、ああんっ、いやっ、ああんんっ……」

パックリと開いた媚肉を指でスライドさせる。山元の想像以上に、朱里は懊悩に喘《あえ》ぐ。プルン、プルン、と大ぶりな尻たぶを振りたてて、淫靡な音を響かせた。

ネットリとしたローションが功を奏しているようだ。

「さっきと乱れ方が別人だな……」

左手で生尻を摑み、右手を秘裂へ忍ばせた。

「ああん、先生ぃ、先生ぃ……」

ユサユサと巨乳が股間を往復する。朱里の乳房がペチペチと肉柱を叩くたびに、射精感が腰回りを襲う。

（やっぱり、パイズリは違う……）

一回目と快楽の波が全く違った。

潤滑剤《じゅんかつざい》を塗布したマスクメロンは、なめらかに肉槍を刺激してくる。一連の動きは連続しており、途切れる感覚がない。

いきり立ちの膨張が更に昂る。朱里の胸肉を灼け焦がす勢いで、亀頭は膨らみ、凶暴になっていく。

「朱里のオマ×コ、そんなに弄りたいの？　ああんっ、おもてなしだから、いくら触ってもいいけど、先生をイカせないと意味ないのよぉ……」

ふたたび人妻は体を反転させた。

まばゆく蕩け切った美貌が、山元の眼前にあった。約束されたように、ふたりは唇を重ねていく。柔らかい唇肉に、胸が高鳴り、喉がカラカラになる。

「はうむ、むちゅう、先生、好きなのぉ……朱里を先生のものにして。ね、いいでしょう……あむううっ……」

情熱的に唇を押し付ける朱里。

高い鼻梁をクロスさせ、唾液を流し合う。甘いトロトロの朱里の唾液を飲み下す。

カアッと股間が燃えあがった。朱里は、接吻しながら、尻スマタをしていた。

（おおう、乳首が擦れ合う）

小さく尖り立った乳頭が、男の乳輪と摩擦する。

卑猥にひしゃげる肉房が、深い谷間を作る。山元は脳内を痺れさせた。

「おい、はむうう、夫がいるだろ。どうするつもりだ」

元教え子の切ない告白に、元教師は本気で動揺する。

「安心して。子供はいないの。だから、先生の子を孕んでも、夫は納得するわよ。あの人はいい女に興味があるだけで、セックスにはそれほど熱くないから」

朱里は寂《さび》しそうな瞳になり、山元は黙ってしまう。

「ああんっ、先生の逞しいオチ×チンが欲しくなっちゃった」

さらに耳元でぼそりと囁かれて、脳内が爆発しそうになる。

「ダメだ、おもてなしとは違ってきているぞ」

山元は人妻を引きはがそうとする。

ただ、ローションの威力は絶大だった。ツルツルとすべって、何も捉えられない。

挙句の果てに、十本の指は美乳を鷲掴みにした。

「あっ、はあーーーーんっ、先生、激しいわぁ……」

「いや、違う、ああ、おおおうっ……」

仰け反る女体を支えるべく、朱里は山元の胸板に両手をついた。

騎乗位となった朱里の桃尻に、山元の肉槍がズブリと突き刺さる。

「いやっ、あはんっ、いきなり……あっ、朱里、イグッ！」

女襞の蠢きと収縮に、肉棒が揉み潰される。

(これで射精したら、朱里に対して中途半端になってしまうっ)

迫りくる吐精の大波に、山元は歯を食いしばり必死に耐えた。

「あんっ、先生凄いわ、あっ、やっ、奥までぇ……刺さるぅ」

何度も激しく黒髪が靡《なび》いた。甘い匂いとともに、黒縁眼鏡があさっての彼方へ飛んでいった。

(何!? 朱里が眼鏡を外すと、こんな顔になるのか……)

想像もしない変化に、鷲摑んでいる手の力が強くなる。

濃艶な雰囲気が二倍になった。濡れた瞳が焦点《しょうてん》を結ばないまま、山元を見下ろす。整った鼻梁は、酸素を必死に吸い込んでいる。メリハリのある顔立ちだけに、色香までもが何倍にも増えていた。

ふたたび朱里は舌を絡めてくる。甘ったるい唾液が、山元の性感を刺激した。

「突いてぇ……」

視界不良を気にせず、朱里は囁いてくる。

「おおう、ちょ、ちょっと待て」

万力のような力で、女筒はペニスを握ってきた。細かい襞が絡みつき、離れようとしない。微妙な凹凸《おうとつ》が、切っ先にめくるめく刺激を与えてくる。

朱里は美咲と違い、自分の慰めもして欲しいのだろう。こぼれ落ちんばかりの桃尻を股間で動かされると、山元はその気持ちよさに呻いた。

「動きますよ、あ、ああんっ……」

ふっと息を耳に吹き込んできた。

朱里はゾクッと体を震わせると、たわわな白乳を顔面に押し付けてきた。ムニュムニュと柔らかくも弾力たっぷりの双房に、理性が飛ばされた。

「んおお、煮えたぎっているオマ×コだ……」

思わず山元は快哉を叫ぶ。

「いやぁ……」

恥じらいつつも、朱里は蜂尻の動きを止めない。

(すごいうねり方だな)

熟壺の動きは、微に入り細を穿《うが》つものだった。舐めるように細かい肉襞が竿をやんわりと揉み上げてくる。その後、性感帯を確信したように、亀頭冠へ襞が集中する。

「ウフフフ、いいでしょ。あんっ、エラが鋭くて、朱里の襞が削れちゃうぅ」

羞恥の言葉も、美女は躊躇なく口に出す。

(とにかく、気持ちよくて何も考えられない)

人妻の貞操や元教え子に対する矜持は、吹き飛んだ。

乳房をまさぐり、先端に吸い付いた。美乳が艶めかしく揺れると、朱里は懊悩の喘ぎをもらす。

「んん、チュウウッ、はあむうう……」

山元は巨乳にしゃぶりついた。

「はあっ、ああんっ、いい、もっとぉ……」

ガバッと起き上がろうとする朱里の乳房が、餅のように伸びた。

「無茶な真似はやめなさい。あむうっ……」

バストから口を離すと、美女はキスをせがんでくる。

(飢えた牝だな)

蕩ける脳内で、山元はボンヤリと朱里の痴女性をかいま見る。

「はうむ、ちゅう、先生、もっと激しく。ね、朱里が逃げたくなるくらい」

ひそひそと鼓膜に訴えてきた。

山元は意を決した。

「分かった。俺が攻めにならないと、満足しないみたいだな」

抱き合ったまま、マットの上で二人は体を入れ替える。山元が朱里を上から組み敷く形になった。

「朱里のオマ×コをメチャクチャにしてください」

潤む瞳で人妻が見上げてくる。

山元は朱里の右足を抱えあげた。股割れの痴裂がハッキリと見える。

「ああん、恥ずかしいですわ」

朱里は被虐的に喘いだ。

「オマ×コして欲しいか?」

ジッと見下ろして、山元は確認する。

人妻は恥じらいながら、長い睫毛を震わせた。

「はい、朱里のオマ×コ、先生のオチ×チンでお仕置きしてください」

ぽってりした唇を動かして、朱里は改めておねだりをする。

(この姿だけでも射精ものだがな……)

人知れない場所で、他の亭主の妻を犯すのだ。これほど、男の性を刺激するモノはないだろう。しかも、相手は元教え子の上、美女でスタイルも抜群なのだ。

「そう、あはんっ……」

山元は極太ペニスを、ゆっくりと朱里の肉壺に沈めていく。

「はああ、大きいぃ……」

振り急ごうとする桃尻を、山元は叩いた。パアンと乾いた音が響く。

「ああんっ、叩かないでぇ……」

「朱里も慰めるが、元々、俺を慰める約束だろ」

男は念を押すように言った。

「そうですぅ……ああ、先生、ごめんなさい」

二十九歳の人妻弁護士が、申し訳なさそうに視線を落とす。それだけで背筋がゾクゾクした。相手は隷従の意思を明確に示している。

(人妻を俺の思い通りに……)

はやる気持ちをこらえて、朱里の子宮まで埋め込んでいった。互いに愛撫し尽くした体である。些細《ささい》な性器の擦れ合いでも、刺激となり快感へ変わっていく。

「ああ、はんんっ、大きくて太いのが、朱里の奥にぃ……」

たまらない表情で、朱里は尻たぶを弾ませる。

「んんぐ、締めすぎだ……」

膣圧の強さに、山元が呻いた。

「あんぐっ、いいのぉ……」

悶えるほどに、朱里は仰け反る。

「しゃくって、先生ぃ……抉ってぇ……」

目尻に涙をためて、人妻は求めてきた。

「こうか？　締まりが良すぎる……んお」

山元は釣竿を手繰《たぐ》るように、腰を動かした。

肉襞をたくさん詰め込んだ熟壺は、ギュウッ、ギュウッとペニスを愛おしく揉み潰す。女臭が強くなる。

(すごい乱れ方だな)

垂涎《すいぜん》モノの痴態を、朱里は演じた。爆乳を弾ませ、快楽に酔いしれる柔肌が、甘い汗を飛ばす。

「んんあ、そう、そこいいぃ……もっと、強くぅ」

切れ長の瞳はネットリと妖しい光を放つ。

「んお、ほお、分かった……」

攻め手のはずなのに、射精欲が昂り、朱里の言うとおり動かないと、爆発しそうな気分だった。

「ああーーんっ、朱里の中、先生のオチ×チンでいっぱいになってるぅ」

煽情的に美女はいななく。

山元はゆっくりと、怒張を躍動させる。

(気を抜いたら、精液を出してしまいそうだ)

何度も注ぎまくるわけにはいかない。

「あひ、んん、あ、もっと入って……」

朱里は膣底までの侵入を求めた。

グイッと太ももを抱きしめて、山元は股間を叩きつける。

「ふあっ、オマ×コもっとしてぇ……」

ザワザワと膣襞が寄せ合い、山元を更に締め付けてくる。

(エラに襞を寄せられると、動かしようがない)

ピクピクと亀頭が震えた。何度も我慢している。当然、先走り汁が朱里の膣内を穢しているだろう。

「先生の逞しいオチ×チンでぇ、奥をガツンとお願いしますぅ」

さらなる快楽を欲しがり、朱里は求めてきた。

(絶倫の牝犬)

鋭い突き上げをかますと、女体がビクンと爆《は》ぜた。艶めかしい左房を握りしめる。ぷにゅ、と淫らに乳肉はひしゃげる。

「あんん、先生とのセックスは楽しい、あ、ああんっ。いい、気持ちいい。気持ちよくなっちゃうのよぉ……」

ローションに濡れ光る体を、山元は相手にぶつけた。雄々しさに衝撃を受けたのか、余計な注文はしてこない。

「もっと、奥までガツガツ突いて欲しいのぉ」

「分かった、分かった」

逞しいほどの太ももを持ち上げて、山元は朱里の内蕊に入り込む。肉傘で抉りながら、突き進んでいく。

「ふうっ、んんあっ、あんっ……痺れちゃうぅ……」

朱里の肉厚な裸体が跳ねる。

湯のあふれる黒石のタイルに敷かれたマットの上で、透き通るほど白い柔肌が、まな板の鯉のごとく、ピチピチと弾けた。

(んお、すごい収縮)

ペニスが捩じ切られそうな感覚に、山元の射精欲も昂る。小刻みに蠢く襞が、一斉に肉柱へ襲いかかる。精嚢袋から、熱いモノがせり上がるのを感じた。

「はんんっ、先生、朱里のオマ×コに注いで。孕ませてください」

ひらりと長い脚が山元の腕をすり抜ける。

「それはまずい……んおおおお」

スラリとした両脚が、男の腰に巻き付く。是が非でも離すものか、という執念が伝わってきた。

「ンフフ、先生の子種を朱里にたっぷりくださいな。あんんっ、いつまでも繋がっていたいぃ……ああ、硬いぃ……」

ググッと背を反らす朱里の胸が、ゼリー状に揺らめいた。

「んお、イクぞ……受け止めてくれ」

山元は覚悟を決めて、人妻弁護士の括れた腰を掴む。

「はいぃ……いい、いんんっ、あ、出てるぅ……ああ、先生のザーメン、ああ、熱いぃ……朱里もイグッ……」

ビクビクと総身を慄かせて、喘《あえ》ぎを荒ぶらせる朱里。男のモノをギュッと締め上げ、朱里は山元の腕の中で脈動を続けていた。

4

それから三日間は、料理と睡眠以外はセックスの時間だった。美咲は気遣ってくれたのか、顔を出してこない。

三日目の夜に、ふたりでかけ流し風呂から戻ると、部屋には新しい布団と料理が並べられていた。ここ最近は荒淫にまみれた生活を送ってしまっただけに、さすがに今夜は食事をしたらすぐ寝るべきだろう、と山元は思っていた。

「美咲とは邪魔しないと約束しているの」

浴衣を羽織りながら、朱里はポツリとつぶやいた。

「邪魔？　どういう意味だ」

「先生もなんとなく分かってると思うけど、ここには隠しカメラがあるの。それで朱里が美咲と先生のセックスを見たように、美咲もこの三日間のセックスは見ていると思うわ。他の子が先生と抱き合っていると思うと、混ざりたくなってしまうから、その予防のためにね」

黒縁眼鏡を拭《ふ》いて、朱里は微笑んだ。

（なるほど、それでカメラか……。それにしても、ここまで朱里がエロいとは想像もしていなかったな）

朱里自身の肉欲の強さは、半端《はんぱ》ではなかった。まだ三日しか一緒に過ごしていないが、人妻の体の隅々まで山元の手先は感触を覚えている。

「美咲よりいいでしょ」

「いや、それは……」

山元は口ごもる。

外は降雪がひどく、出かけられる天気とは程遠い。結局、朱里とべったり三日間部屋で過ごすほかはなかった。

「美咲には、美咲の良さがあるからな」

つい、男の本音がこぼれた。

「朱里にはないものかしら？」

食事の皿に伸ばした白い指が止まる。

「美咲はスレンダーな体型だ。俺には、ムチムチ系がいいか、スレンダー系がいいか、判別できないだけさ」

ジッと朱里の様子をうかがう。怒ったり気分を害した雰囲気ではなかった。何か、考えを巡らしているようだ。

「別に、白黒つけて欲しいってわけじゃないの」

言い訳っぽく、朱里は視線を落とした。

「こうやって、会話が出来るようになっただけでも、先生を元気にさせられたのかなと思うし、嬉しいの……」

「いや、朱里には感謝している。その、まあ、旦那さんには申し訳が立たないが。朱里の体は興奮するからな」

「本当ですか!? それなら良かった。でもひょっとして、マンネリになって、飽きてきました……?」

疑い深そうに、朱里はジッと見つめてきた。

(おいおい、その格好で言うな……)

中途半端に浴衣を着た朱里は、痴女のオーラを放っている。乳首は見えないが、メロンバストはタプタプと動いている。黒のレース柄ブラジャーをつけているものの、花柄模様が丸見えであった。

「ウフフ、先生も元気になったみたいだから、嬉しい」

朱里はゾクリとするような色目を使ってきた。

横座りの姿勢もフェロモン満点だった。紺の浴衣の裾から、白い太ももがスラリと伸びている。何度も触ったはずなのに、またも物足りなくなってきてしまう。

「弁護士の仕事はどうだ。俺は朱里の仕事も興味があるけどな」

「ウフ、本当？　先生ったら、胸と太ももばっかり見てくるし、そっちにしか興味はないんじゃないかしら……」

内心、ドキッとした。

「いや、その、浴衣がはだけているからだよ。キチンと着なさい」

つい、昔の教師と生徒の関係に口調が戻ってしまう。

「はあ……明日から仕事だわ。次の方が先生を慰め終わる頃には、また来ますけどね。先生とセックスしすぎたから、今夜は良く眠れそうだわ」

うーーん、と美女は背伸びをした。

ふるるん、とたわわな胸房が揺らめいた。ふわっと黒髪が揺れて、爽やかな甘い匂いが山元の脳髄をジンと痺れさせる。

「ずいぶん仕事は忙しいみたいだな。そんな中、来てもらって本当にありがとう」

「やだ、そんなつもりじゃないの。仕事なんて、ちょっとした相談に乗るとか、その程度なの。ただ、雁木町は法務に明るい方が少ないから……」

少し疲れた口調で朱里が言う。二十九歳の才媛人妻が、普段の表情に戻りつつある。

「そうか……。でもさすがに、今夜はしっかり寝ておいたほうがいいぞ」

何故か、声のトーンが落ちた。

(何を期待しているのだ、俺は……)

朱里は社会人であり、仕事と主婦を両立させている。多忙なのは当然であり、今夜くらいは休息してもらうのが、せめてもの配慮に間違いない。

だが、山元は本音を言えば、もう少し朱里の包容力のある肉体に溺れてもみたかった。まだ体の奥の欲情は、本当には満足しきっていないのだ。

(しかし、仕方ない。朱里にはゆっくり休んでもらおう)

これで慰問の期間は終わりではなく、明日からもう一人やってくるのだ。もっとも誰が来るのかは、美咲も朱里も口に出そうとしなかった。どうやら、事前に知らせないよう口止めされているようだ。

「じゃあ、俺も普通に寝るかな……」

あくびをしながら、山元は布団へ入った。新しい布団からは、美咲の匂いも、朱里のフェロモンも感じない。

何だか不思議な気分だな、と思いつつ、男は眼を閉じた。

しばらくした後、ふと山元は眼を開けた。

「朱里、何だその格好は!?」

驚きのあまり、山元は呆然としてしまった。

「ウフフフ、特注で頼んだの。似合うかしら」

薄明るい照明の中に立っているのは、白い体操服と濃紺のブルマ姿の朱里。

二十九歳の人妻のブルマは、ゾクゾクするほどエロティックだった。あどけない顔はしていないものの、朱里も年齢より若く見えるタイプだ。

てっきり眠ったものと思っていたが、こんなサプライズを用意していたとは。

「似合うかってそりゃ、ま……、その、あの頃かと思ったくらいだ」

言いながら少し違うと思った。女子校生の頃より色気がすごいのだ。

スレンダーな体型でなくとも、体操服とブルマが似合う女性はいる。朱里の場合は、ムチムチの巨乳や尻がはち切れんばかりに強調されて、ひどく卑猥な雰囲気を醸《かも》していた。

「本当は馬鹿にしていません？　先生……」

「そんなことはない」

朱里は少し悪戯っぽい表情を浮かべた。

「じゃあ、触ってくださいな」

布団に入り、にじり寄ってくる人妻美女。

圧倒的なボリューム感を誇るヒップに、山元は自然と手を伸ばす。ブルマの布地の触り心地は非常に懐かしいものだった。

「あんっ、なんか、いやらしい手付き……」

女体は山元の横でうつ伏せになった。パンパンに布地を張る桃尻のラインへ指を添えた。さするような撫で方に、朱里は眼を細めた。

「いや、何というか、もったいないような……」

山元はうろたえる。

(特注までして作ったブルマに、軽々しく触れないな)

ブルマ特有の手触りが男をムラッとさせる。

つるりとした中に、独特のザラメがあった。ボディーラインをくっきりさせる紺の布地を、感慨深く撫でていった。

「遠慮しないで……もっと引き千切るくらい、激しくしていいの。どうせ、夫を相手にしても、朱里に大して興味を示さないから」

ずいぶん、朱里の夫は性に頓着《とんちゃく》しないようだ。

「今夜はゆっくり睡眠をとる予定じゃないのか？」

男の眠気は、すでに人妻の色香で吹き飛んだ。だが、朱里は明日仕事だという。これだけセックス漬けの毎日を送って、最後の夜まで肉欲のまま山元と抱きあってもいいのだろうか。

「大丈夫。こうしていられるのもあと少しだから、悔いがないようにしたいの」

フラフラと真ん丸な肉尻が円を描きだす。

「わかったよ。それなら、シャンとしなさい」

つい、元教師は元教え子のヒップをはたいてしまった。想像以上に朱里は反応し、艶っぽい視線で、山元を見つめてきた。

「ひゃあんっ、そう、そんな感じでいいの。もっと叩いて、縛って、オマ×コしてくださいぃ……」

一気に射精しそうな気分だった。

(まさか、新品のブルマにぶっかけるわけにはいかないし)

ピチッとしたラインは、何度見ても芸術品だ。パアンとスパンキングすると、朱里は悦んでせがんできた。

「朱里のマゾヒズムは筋金入りだな……」

「違います。今日だけよ……はあ、あんんっ……」

白い裸体に汗がみるみる溢れだす。

この日は珍しく雪が降っていなかった。行灯型ライトを消すと、満月の光が部屋に差し込んでくる。幻想的な淡い月光が、朱里の真ん丸な大きい桃尻を照らした。

「本当にここまでよく育ったな」

もう一回スパアンと尻肌を叩く。もちろん、本気ではない。スナップをきかせて、音だけ派手に鳴らすのだ。

「はあぁぁぁんっ、効くぅっ！」

朱里の体も今までにない反応を示した。

(すごい汗だな……)

余程恥ずかしいのか、滝の如く熱い雫《しずく》が女体を湿らせる。

「裸で抱き合っても、こんなに汗をかかなかったよな……」

朱里の様子に、山元は違和感すら覚えた。

「いやっ、言わないでぇ……」

心の恥部を見られたように、朱里は瞳を潤ませる。ムチッとした肉峰を高々と上げていた。もっと叩いてくれと願っているようだった。

（マゾヒストの性癖か……）

セックスとは違う朱里の一面に、山元は興奮する。どこか、上から目線の態度を捨てきれないように感じていたせいもある。

彼女には、貫禄も余裕も自信もなさそうだった。

「叩かれて気持ちいいのか？」

山元は困惑気味に、スパンキングの力を弱める。

「あうっ、先生、あ、い、んんっ……はあっ……」

明らかに恍惚感を滲《にじ》ませる朱里の表情に、男の手は勝手に動く。朱里の両手が敷布団をキュッと握りしめた。ブルマの布地は、急峻《きゅうしゅん》の谷間へ寄っていく。尻肌がむきだしになり、空気へ晒される。

パンパンと、小気味よい音が部屋に響いた。

「んん、やっ、ああんっ、ちょ、先生……」

吃驚するほど朱里は性的興奮に溺れている。

振り返る美貌は、快楽の懊悩に歪んだ。悩まし気に眉をたわませていた。本気でスパンキングを止めて欲しいわけではなさそうだった。

（変わった性感帯だな）

性癖とでも言うべきだろう。

淫らな痴態を披露してくれる、朱里の新しい一面をもっと見てみたかった。清楚で高潔、優秀で夫もいる貞淑な人妻弁護士が、別の男に肉尻をはたかれ、喘いでいる姿ほど、情欲を揺さぶられる光景はなかった。

「ああ、左右に振り分けて……やああんっ、あ、あああんっ……」

美女はクネクネとヒップを左右に揺すった。

「イッていいよ。ほら、どうだっ」

「いや、そんな……あんんっ、んあっ、はああっ……」

朱里は小鼻を啜って、振り返った。

もう性感の登頂はすぐそこのようだ。山元は至って冷静に、左右へスパンキングを繰り返す。すでに何度も射精へ導かれかけた。

（今度は、少しでも朱里をアクメに引きずり込む）

予想以上に、美女は感じやすくなっている。出来れば男として、先に朱里をイカせたい欲望が渦巻きだした。

「先生のオチ×チンで、朱里のお尻を擦ってぇ……」

不意に美女は言った。

ブルマを撫でまわす。すると、あることに気付いた。

(尻の間のブルマが毛羽立っている)

故意なのか偶然なのか、丸々としたヒップの中央がザラメになっている。凹凸を確かめるように撫でると、朱里の尻肉がブルンと震えた。

「はあ、あううっ、そ、そこぉ……」

微笑みながら、朱里は蕩け切った視線を向けてきた。

(俺が一方的にペースを握れると思ったのに……もう、たまらん)

肉の誘惑に抗《あらが》いかねて、山元はもどかしく浴衣を脱いだ。ばね仕掛けのごとく、屹立が飛び出す。

「フフフフ、まだまだ元気なのね……」

朱里の視線が怒張へ釘付けになった。

「ジロジロ見ないでくれよ」

思わず山元は恥ずかしくなる。

立ち膝の男の股間に、朱里はブルマ尻をあてがってくる。魅惑の布地にピトリと亀頭が当たった。

「ほおおうっ、おうおう……」

「ウフ、いい反応……」

ゾリゾリと毛羽立つ布地が、切っ先と擦れる。ふにゃりと尻間に挟まれて、微妙に摘《つ》ままれた感覚も重なって、男の腰は痺れまくった。

「先生のオチ×チンが、朱里のお尻を焼きそう……熱いわ。ああ、ピクピクして可愛い。フフフ、もっと可愛がってあげる」

クネクネと朱里は尻を回しだす。肉キノコをスライドし、左右に嬲りあげ、おぞましい肉欲を山元に伝えてくる。

(このままじゃ、先にイッてしまう……)

焦《あせ》る山元を他所《よそ》に、朱里の嬲りは止まない。

「オッパイも揉んでぇ……」

プロポーション抜群の人妻はおねだりを止めなかった。

(体操着の上から？　初めての経験だな)

よもや、高校時代の教え子の美乳を、体操着越しに鷲摑みに出来る日がやってこようとは、想像もしていなかった。

シュル、シュル、シュルル……。

淫靡な肉摩擦に、山元の射精欲はうなぎ登りとなった。

（うう、挿入したい……）

早く朱里の中に入りたい。何度も亀頭はヒクつき、先走りでブルマを穢す。

「あはうんっ、そんなワイルドな揉み方ぁ、ああんっ……」

荒々しく体操着の上から巨乳を揉みしだく手つきに、朱里は喘ぐ。

（また触り心地が違うな）

バスト九〇はあろうかという巨乳である。生乳の柔らかさは指先が覚えていた。それでも体操着越しだと、味わいが変わる。

「先生の触り方、やらしい……フフフ、実はプレイボーイだったりして」

朱里は眼を細めた。

小悪魔熟女が桃尻をしゃくる。やがて、朱里の仕掛けた罠の正体に気付いた。

（わざと切れ目を入れたりして、毛羽立たせていたのか）

白い先走りの粘液が縦裂の模様をつくる。布地が切れている証拠であった。ザラメの部分がピリピリと破れてきた。

「んおおお、朱里、何て真似を……」

自然と腰の動きが激しくなる。

(チ×ポがおかしくなりそうだ)

三日も朱里の肉壺へ嵌《は》め続けていたため、むしろ、外れている方が不自然な気分になるくらいであった。

「鈍いわねえ……やっぱり、ダメね、先生。ホラ、ブルマ姿の朱里の中に入りたいでしょ。頑張って！」

気が付くと、朱里に翻弄されている格好だった。

(うう、もどかしい)

朱里が腰を突き出すタイミングに合わせ、どうにかブルマを突き破らないといけない。中途半端に肉槍を突っ込んでも、柔肉に威力を吸収されてしまうのだ。

山元は牡の獣へと変わっていく。

「ああんっ、ウフフ、先生、エッチい……」

グイッと体操着を引き上げると、朱里が悪戯っぽく笑う。

「こんな大きな胸になるからだ」

月光に輝く白胸へ指を滑り込ませた。汗にぬめる熟肌へ容易く山元の手は貼り付く。尖った乳首を中指と人差し指で挟み込む。

コリッとした感触を楽しみ、一気に弾いた。

「ああ、あはーーんっ、朱里、おかしくなっちゃう……」

クンッと艶々のロングヘアーが靡いた。

ムチッとする乳肉を鷲掴みにして、山元は抽送を繰り返す。

「はああ、もう少し……んんあ、ああ……」

グッ、グッ、と朱里のリズムに合わせて、肉棒を突き出す。

ブルマは確実に裂けていく。ザラッと怒張で上下に動かすと、布地はしっかり摩耗した。

「うおおお……」

気合を入れて、山元は快哉を吠えあげた。

(処女膜を破るみたいだ)

ゴリゴリと肉傘を回転させる。ブルブルと震える朱里のヒップが、濃艶に揺らめいた。触れ合う場所は毛羽立ちが酷くなる。

「ああ、朱里のブルマ破っちゃった……先生に弁償して欲しいわ。ああ、先生のザーメンで我慢してあげようかなぁ……」

しらばくれた言い方で、朱里は尻を高々とあげる。

(うお、もう、完全にネジが飛ぶ)

我慢の限界だった。

山元は渾身《こんしん》の一撃を朱里の桃尻に与える。

「はんんっ、朱里のブルマがぁ……裂けちゃうぅ……」

裂け目と裂け目がつながり、一本の割れ目となった。そこは、朱里の肉裂でもある。ヌルッとした熱い愛液に滑り、山元は朱里の中に入る。

「うお、一気に絡みついてきた……」

無数の肉紐が、剛直へまとわりついてきた。

男は構わず、弾力性のある膣襞を貫き続けた。蜜肉を切り裂くと、朱里の体が竹のようにしなった。

「んんあっ、先生のすごい……一気に奥まで当たってきちゃうぅ」

喜悦の嗚咽《おえつ》で、朱里はむせび泣く。

肉厚の淫裂に搾りとられるような感覚をおぼえ、山元の硬い棒は更に逞しくなった。

(あのスレンダーだった朱里が、こんな人妻媚肉を……)

ふと、高校生の頃の朱里の体型が蘇った。

美咲と比較すれば、大柄でしっかりした骨格の持ち主に相違ない。それでも、バレーボール選手の中では、スレンダーな体型として山元の脳裏には焼き付いている。

「先生、高校生の朱里を思い出しているでしょ」

不意の突っ込みに山元は驚いた。

「どうして分かるのかな？」

素直に反応してしまう。

ふっくらとした臀部が前後左右に蠢いた。

「あの頃から、先生の視線をお尻に感じていたから」

キュッと膣襞の締まりが強くなる。

「そんなことないだろ……セクハラ教師だった、みたいな言い草じゃないか」

山元は口を尖らせた。

「ムキになるのは、図星の証拠。だって、朱里をバレー部に誘う理由がなかったもの。運動神経が抜群というわけでもなかったし、大人しい女の子なんて、たくさんいたんじゃないかしら」

よがりながら、人妻美女は息を荒げていく。

「んんお、腰を振り過ぎだ。あっという間にイクぞ」

「いいわよ。朱里は先生のモノですから。過去も今も」

クスクス笑って、朱里はクネクネと腰をよじらせた。

「ぐおお……」

山元は肉棒の快楽に呻く。

ひっきりなしに締めつける膣壺は、ペニスへ壮大な刺激を送ってきた。スペルマはタップリ残されている。せり上がりを男は感じはじめた。

「ブルマ姿の朱里をバックから犯したかった。多分、先生のゆがんだ願望だったんじゃないかしら。お望みどおりになったかは、分からないけど、朱里なりの先生へのプレゼントよぉ……ああんっ」

卑猥な姫鳴りを繰り返し、朱里は澄んだ声でいなないた。汗だくのふたりが月光に光り、蜜合部はキラキラと煌《きら》めく。

「もう、出るぞっ……」

山元はまろやかな桃尻に股間を擦り付ける。

そのまま、上下に激しくしゃくりあげていった。朱里の胎内を捏ねまわし、柔襞の感触を楽しむ。

「くううっ、あ、あんっ！　激しくなって、あ、い、くう、いやっ、先生、朱里イッチャウウッ……あ、ああーーーんっ……」

ブルマ姿の朱里が、月光の部屋で牝顔をさらす。熟れ肌を波打たせて何度も仰け反った。子宮は収縮を繰り返す。

朱里の混沌とした内奥に、山元は精の奔流を放つ。ドバドバッと粘り気の強い精液が、鬼の爪となり、子宮へ噛みつくような気分になった。

ひとしきり、ふたりは脈動を共鳴し合った。

第三章　クウォーター美女の金髪痴態

1

朱里が宿を後にした朝も、雪が止む気配は全くなかった。かけ流しの部屋付風呂は、溢れた温泉で雪が溶けている。鉛色の雲が分厚く地上の世界を覆っていた。

「朱里は別人のように溌溂とした様子だったけど、先生は癒されましたか？」

お茶を淹れながら、チラッと美咲は顔をあげた。

誰もいなくなった頃合いを見計らっては、女将が部屋に来てくれる。

「もちろんだ。教え子にこんなやり方で元気づけられるなんて、夢の……ようだよ」

最初は意気揚々と声を弾ませる。だが、美咲の瞳に妙な光を感じると、山元の声は尻すぼみに小さくなった。

（美咲と朱里は同級生だからなあ……）

どうやら、美咲もひとりの女としてのプライドと矜持があるらしい。三十路前の女性と考えれば、至極当然なのだと思い直す。

「そうですか……それなら、至極いいことだと思います」

「美咲……あ、ありがとう」

こういう気まずさを、山元は味わったことがなかった。

今朝は、迎えの車で発《た》ってゆく朱里を美咲とともに見送ったが、そのあと彼女が部屋にやってくる予感はあった。朱里との逢瀬《おうせ》の感想を尋ねられるのも想像に難《かた》くなかった。

そうなる前に、雁木温泉の周りでも散歩しようとしたが、積雪の高さを確認するだけに終わった。結局、美咲と話すほかないのだった。

「三人目の方が、今日からいらっしゃいます。少し、おもてなしが過ぎているようでしたら、日を空けようかとも思いましたけど……」

ピシッと着物姿で決めている美咲は、清楚高潔な雰囲気をまとっていた。茶碗を差し出す仕草も、無駄な動きが一切なく、洗練されたものだった。

「こうしてもてなしてくれるだけで、非常に嬉しいことなんだ。これ以上、俺の我儘《わがまま》を聞いてもらうわけにはいかないよ……まあ確かに、こう連投になるとは思わなかったから、ちょっと疲れているけど」

山元は、本音を美咲にこぼした。

しまったと思うが、後の祭り。大人びたオーラを持ちながらも、人懐っこい美咲には、つい、何でも話してしまう。

「ウフフフ、いきなり三人の相手は大変みたいですね。朱里も、かなりバイタリティ溢れる子だったし……」

明るく話しつつ、美咲は思案しているようでもあった。

「いや、そんなに気を回さなくても大丈夫だ」

精嚢袋は不思議と悲鳴をあげていない。もう、ふたりの女性にどれだけの子種をまき散らしたか知れないのに、余裕があるようだった。

「よかった。次の方は美咲と朱里のふたり分、おもてなししてくれると思いますわ」

「誰なんだろう……」

山元は茶碗を手に取った。

美咲は不思議そうに小首をかしげた。

「もう、お気づきかと思っていましたわ。まだ分かりません？　美咲と朱里で、充分すぎるヒントになったはずです。まあ……会えば分かりますわ」

「そりゃそうだろうけど……」

美咲はニコリと微笑んだ。相変わらず三人目の女人の正体を明かしてくれない。

「まあ、会えば絶対に思い出す方ですから、安心なさっていいと思いますよ」

いくら言われても、山元には皆目《かいもく》見当がつかなかった。生徒ならすぐに思い出すだろう。ところが、ひとりの男の記憶として、確信していることがあった。

（美咲と朱里以外の美少女は、いなかったような……）

ふたりに共通しているのは、目鼻立ちも背格好も釣り合いのとれた美少女という点だ。当時から、どこにでもいそうな女の子とは言えない容貌であった。

「ところで先生。美咲と朱里を比べて、どちらが上手くおもてなし出来たと感じています？」

「あのなあ……」

冗談を言うな、と口を開けようとして、閉じてしまった。かつてないほど、美咲の顔が真剣だったからだ。

「体型や顔立ちが違うのは、ふたりとも分かっています。先生が抱き心地の良かった女性は、どちらか尋ねているの」

「比較すること自体、美咲にも、朱里にも失礼な話だ」

一呼吸置いてから、山元は話し始めた。

「抱き心地なんてものは、嗜好《しこう》や趣味の範疇《はんちゅう》だろう……。お前たちは犬や猫ではない。美咲、朱里ともかけがえのない生徒だ。そのふたりが大人になって相手にしてくれただけでも、俺には夢のような話だ。正直、天にも昇るほど気持ち良かったよ」

そう、本当に自分のような平凡な男には、夢のような体験だ。それだけに、現実もきちんと見据えなくてはいけない。

「だがふたりとも、他に大事な男性がいたり、仕事の責任がある身だ。それを優先させるべきだろう……。これ以上話しても、前向きな結論にはならないし、これくらいで勘弁してくれないか」

山元なりに、ふたりに誠意を込めて出した答えだった。

しばらく、美咲は外を眺めていた。ボタ雪が飽きることなく降り続き、白い世界をせっせと構築している。

「じゃあ、もし、美咲と……」

温泉旅館の女将は、途中で口をつぐんだ。ため息をついてから首を振った。仕方ないか、というような印象を受けた。

「それにしても、遅いですわね……もう、いらしてもいい時間帯だけど。ちょっと連絡してみます」

「いつ来てもいいと伝えておいてくれないか。忙しかったら……」

「そうですね。先方がご多忙なようでしたら、美咲が相手になりますわ」

山元を部屋に残して、美咲はさっさといなくなってしまった。

（誰なのかな……）

久しぶりに、のんびりした時間がやってきた。山元は徒然《つれづれ》なるままに、外を眺めたり、亡き妻への気持ちの整理をつけようとしたり、美咲や朱里との爛《ただ》れた時間を思い出して過ごしたが、時間はあっという間に過ぎていく。

その日はそのまま夕食となり、普通に風呂に入り、布団へ横になった。

（やれやれ。おもてなしに感謝して、引き払う時期を考えよう……）

夢の時間はいつか覚める。出来れば夢の中に居続けたいが、それでは死人も同然だ。妻のいない人生にはなってしまったが、それでも、きちんと全《まっと》うしてゆかないといけない。抜け殻のようだった自分が、美咲たちのおかげでそう思えるようになっただけでも、ここに来た甲斐はあったというものだ。

そうやって真っ暗な天井を見つめている内に、眠気がやってきた。

やはり、朱里との蜜戯が濃厚過ぎたのか、少し疲れが出てきたようだ。山元は眼を閉じると、深いまどろみに沈んでいった。

謎の美女は、闇夜に乗じてやってきた。山元は生まれて初めて逆夜這いを受けた。

「んんお……」

燃えるような快感に、脳が悲鳴をあげた。ぼんやりとしたまま眼を開けると、いつの間にか布団が引き剝がされ、浴衣の股間で誰かが山元のペニスにしゃぶりついているではないか。

見れば、覚えのあるショートカットの金髪が、行灯型の照明の光に輝いている。

「えっ、まさか、真琴《まこと》なのか……」

「山元さん、ご無沙汰しております。こちらも、ずいぶんご無沙汰みたい。簡単に勃起しちゃうなんて……欲求不満の反応ですわ」

「うあ、ちょ、真琴が刺激しなければ、ここまでにはならないよ……」

相手に調子を合わせつつ、山元はまずは事態を把握《はあく》しなければ、と機能不全の理性をフル回転させた。

永瀬《ながせ》真琴は、雁木高校で同僚だった女性である。欧州系とのクウォーターで、金髪と彫りの深い美貌、スタイルのメリハリがモデル並みだった。

彼女と知り合ったのは、十年以上昔のことだ。教育実習生としてやってきた当初、その美貌から真琴への生徒の反響はすさまじかった。だが彼女は学生結婚していて、すでに人妻なのだとわかると、すぐに生徒たちの熱狂は収まった。

そんな波乱を含んだ教育実習の担当官が、山元だった。

「そうか、君が妻のことを、美咲たちに……」

真琴は教育実習の頃から山元に懐《なつ》いていて、年の離れた兄のように慕《した》ってくれていた。正式に雁木高校の教師にあった後も、妻の見舞いにもしょっちゅう来てくれて、妻とも仲が良かったのだ。

彼女なら、山元が退職して音信が途絶えたあと、こうして美咲たちと連絡を取り合って、もてなす企画を立ててくれそうだ。

(それにしても、まさか真琴とこんな行為に及ぶことになるなんて)

学校にいた頃は、仲は良くともあくまで同僚の関係でしかなかった。

だが今や、バイタリティーあふれる真琴の体は、悩ましい官能に満ち満ちている。おまけに、三十五歳を迎える彼女は、現在も人妻の身だ。つまり、今の行為は不倫そのものだった。

「ウフフ、市郎のオチ×チンを味わえる時が来るなんて、思ってもいなかったわ」

ハーフらしい明るい口調で、淫らな口奉仕をする金髪人妻。危うくその迫力に圧倒されてしまいそうだ。

「その、下の名前で軽々しく呼ぶものではないよ」

山元は努めて冷静に対応した。

「それなら何で、市郎は真琴と呼ぶのかしら」

「そりゃ、教育実習の頃からの縁もあるからな。実は不満だったのか？」

山元にとって、真琴は妹のような存在だった。真琴の方も頓着《とんちゃく》なく、どう呼ばれても気にする素振りすら見せなかった。

「市郎から何をされても、真琴は平気よ。だって、市郎はわたしにとって大事な友達で、先生で、燃える男だもの」

「驚いたなぁ……」

まさか、そんなふうに見られているとは思っていなかった。学校に勤務していた頃は、妻のことばかりが頭にあって、気付かなかったのだろうか。

（真琴は、思い込みの激しいタイプだしな……）

美咲や朱里と一番違うのは、距離感の取り方である。元教え子たちは、大胆ながらも山元の一応の了解を得て、接近してきた。

その点、真琴はさらに過激で、やることをやったあとで、事後承認を得るタイプだった。

「だ、旦那さんは元気なの？」

まだ肉棒は、真琴に丁寧に舐められている。山元はどうにかこの場の雰囲気を変えようと、虚しい試みをはじめた。

「ダーリン？　多分ね。最近セックスしてくれないから、会話もしてないの」

真琴は夫の話をしたがらなかった。

（ちょ、何て格好だ……）

ふと真琴の身なりに気づいて、山元は啞然とした。青いブラウスに、緑と赤のチェック柄のスカート。彼女が纏《まと》っているのは、雁木高校の夏制服だったのだ。

「ほら、市郎は制服フェチだから。どう？　ムラムラするでしょ」

「ちょ、ちょっと待て。フェチの話を、真琴にした覚えはないぞ。おまけに夜中に来るなんて……」

ブルドーザーの勢いで、真琴は話のペースをリードしてくる。

「美咲や朱里と話したの。市郎は絶対に制服フェチだって。朱里のブルマエッチで興奮していたから、確信したわ。当たりだったなって……」

「お前、見ていたのか……」

元教え子との淫戯を、真琴はすべて見ていたようだ。どこかにカメラでもあるのだろうか。

「ウフフ、秘密。制服の話は、また後でしましょ。とりあえず、市郎のオチ×チンが元気か、もっと確認しないとね……」

真琴はふたたびペニスを口腔へと手繰り寄せる。

「いや、だが真琴、君には立派な旦那がいるだろう。朱里みたいに別居もしていない。ズブズブの人妻じゃないか」

「人妻とは、セックスしたくないの？」

奥二重《おくぶたえ》のパッチリした瞳を細めて、真琴は笑った。自由奔放な性格のせいか、三十五歳とは思えない若さだった。下手をすれば、美咲や朱里より年下にすら見える。

返答に困る山元の肉棒を、ハーフ人妻は愉しそうに弄《もてあそ》ぶ。

「ウフフフ、オチ×チンに聞いた方が早そうね」

「おうう……」

呻き声をあげて、山元は仰け反る。

(やっぱり、三十路の女だな)

真琴の普段の仕草や言動は、ラフというか子供っぽいところがある。だが、夜の営みに長《た》けた人妻の手つきは違う。

「ウフ、市郎のペニスは早いお漏らしの癖が酷いみたいだから、注意しないと」

「お前、そこまで観察していたのか……」

仰向けで寝ている山元の股間に、真琴は美貌を頬ずりさせてきた。

「ちょ、やめてくれ……」

「硬くなっているわ」

真琴はウットリした表情で、そっと指先を這わせてくる。パンツの布越しに、ジワリと圧迫してきた。裏スジの稜線をなぞってくる。

(何て手付きだ)

大雑把な前戯とは正反対の指遣いであった。

「まさか、我慢汁は出ないわよね。かなり搾りとったはずだから」

「おおおお……」

真琴の柔らかい頬の熱に、牡棒が歓喜を咆哮する。

「感じやすいのは嬉しいわ。美咲や朱里とは、上手くセックスできたの？」

「ま、まあな……。元とはいえ、再会した教え子にムラッとくる俺も問題だが」

馬鹿正直な感想に、真琴は無表情へ変わった。

(マズイ……怒らせたな)

美咲や朱里は、真琴の教育実習の頃に受け持ったクラスメイトだ。この頃の縁で、三人は連絡を取り合う親友になったと聞いたことがあった。

無論、対抗意識は強いと、容易に想像できた。

「市郎は、美咲、朱里と比べて、真琴の方が好きかしら？」

人妻らしくない、幼稚な質問に聞こえた。

(多分、外見やスタイルの話をしているのだろう)

真琴は身長が一七〇センチで、海外のスーパーモデルのような顔立ちをしていた。可愛らしさやフェロモンより、崇高《すうこう》な美しさの方が上回っている。

「分からないなぁ……」

まさか、セックスしてみないと、何とも言えない、などとは返せない。

(元々、女性としては見ていなかったからなあ)

真琴が聞いたら怒るだろうが、山元にとって、真琴は妹のような存在だった。同僚の教師であり、心休まる話相手だった。結婚していると聞いた時も、美人なので当たり前かなと思う程度だったのだ。

「真琴を市郎の一番にしてほしいの……」

人妻らしからぬ哀訴とともに、ペニスへ衝撃が走る。

「や、やめなさい……」

ボクサーパンツを一気に引き抜かれた。

ブルッと硬棒が飛び出すと、真琴はあっという間に、右手で握りしめてきた。細い指は長く、しなやかに蠢く。

「まだまだ元気そう。あまりフェラチオは得意じゃないけど、市郎のためなら、頑張るわ」

「頑張らなくていいから、手を離して！」

どんどん湧き上がる快楽に、山元の腰が痺れた。

(やっぱり、クウォーターは違う)

セックスレスを匂わせる真琴の指は、迷いがない。裏スジをのっぺりと親指でマッサージされると、天にも昇る心地よさで、理性を飛ばされた。

「市郎のオチ×チンが、お馬鹿になるまで攻めてもいいけど……セックスもあるし」

「ま、真琴は……どこまでしようと考えているんだ？」

ヤバイ予感に、射精欲が煽られた。

「オーラル、オマ×コ、アナル……最低、三穴で市郎を癒してあげないと。安心して。時間はかけるから。市郎はどこの穴が好きなの？」

「いや、ちょっと……」

飛躍する話の展開に、山元はついていけない。

(ここまで性にオープンな女だったのか)

驚く男の顔を、キョトンとした表情で見上げてくる。どこまでも、無邪気な真琴の指は、熟女の手練手管を匂わせた。

「さすがに、先走りは出そうもないか……あーーーむ」

「おいおい、やめてくれ……おおおうっ」

ドロリと唾液を亀頭に垂らし込まれた。残滓《ざんし》の糸が、タラッと真琴の唇につたう。

ペロリと綺麗な舌肉があらわれた。

(舌の長さが、うう、たまらん……)

日本人離れした真琴の体を確認して、山元は眼を瞑《つむ》った。

もう真琴の暴走を止められないだろう。せめて淫戯に飽きて、放っておかれる状態を目指すしかない。もし、彼女が離婚していると告白してくれれば、まだ心は軽くなったのだが。

「フフフフ、ダーリンのことを気にしているの？　必要ないわ。これは不倫じゃないの。おもてなしよ」

「やっていることは同じじゃないか。旦那さんに会わせる顔がないよ」

「安心して。ダーリンの許可はもらっているの」

驚愕の告知に、山元は余計不安になった。

(不倫に同意する男なんて、いるのか……!?)

訝《いぶか》しげな表情を浮かべる山元に、真琴は肩をすくめて説明を始めた。

「インポテンツよ。真琴が激しくダーリンとファックしてたら、勃起しなくなったの。治療中なんだけど、大分、かかりそうだから……もちろん回復するまで、セックス禁止。わたし、可哀そうだと思わない？　それとも真琴が悪いの？」

「いや、真琴は悪くない。しかし、それで俺とファックか……」

真琴の夫とは、一度会ったことがある。屈強な印象を受けた。あの男のペニスをノックアウトする真琴は、どんな淫戯をしたのか、かなり気になる。

(うう、すごいな……)

フワッと強烈な甘い匂いがする。

飴色の肉樹に、真琴は唾液を擦り込んでくる。両手で激しく揉み解すにも関わらず、つるつるとした指腹が竿をすべるため、快楽しか伝わってこない。

「とにかく、黙って寝ていなさい。上げ膳据え膳で、何も気遣いする必要はないの。だって、気持ち悪いなんてありえないから」

真琴からは絶大な自信がうかがえた。

「なんか……旦那さんがインポテンツになった理由が分かる気がするな」

ほのかに明るい部屋で、山元はポツリと言った。

「ん？　何か言った？」

「いやいや、こんなに激しく求められたことはない、と思っただけだ」

低い声に抑えていたが、淫らな心地よさが神経回路を這いまわる。

（おまけに制服姿かよ）

時代の流れで、雁木高校の制服もスカートの丈《たけ》が短くなっている。そうしなければ、生徒が勝手にスカートを改造してしまうのだ。昔は太ももが見える丈など、考えられなかった。

真琴が生徒用のスカートを穿いていると考えるだけで、股間が熱く疼いた。

（まさか、現役教師の真琴がこんなにエロかったとは……）

異性という意識が薄かったからだろう。彼女がどんなに近くにいようとも、すでに夫がいる身なのだ。山元自身も妻がいたため、互いに性を意識することなく、十年以上過ごしてきた。

部屋は静かになり、真琴が手コキする衣擦《きぬず》れの音が、わずかに響くばかりだ。

「ちょっと！　本当に黙ってしまうなんて、ひどいわ。何か話してよ」

「……来てくれてありがとう」

山元は心からお礼を言った。

「そ、そういうのは必要ないから……」

真琴は年甲斐もなく、照れているようだった。

山元はわざと視線を外していたため、彼女を見ていない。声だけ聞いていれば、美咲や朱里より幼く感じた。

「それにしても、どうして制服なんて……よく着れたなあ」

「市郎がムラムラするように、真琴も頑張ったの。五年もインポの主人を待っている間に、体が勝手に火照りだすようになったのよ。節制はしているから」

ビクッと山元は腰を跳ねさせる。

（やっぱり、年の功って奴はすごいな）

真琴の唾液が竿からなくなる頃に、白いとろみが肉樹を潤す。白い指は、クネクネとうねりながら、少しずつ力が抜けていく。ゾワゾワと愉悦が駆け抜けた。

「ウフフフ、元気ね。まだ十発くらいはいけそうな感じ」

「変なこと言うな。いきなり来て、吃驚《びっくり》したんだからな」

「それは嘘ね。真琴が来るって、ある程度は想定していたはずよ」

ううっと山元は唸る。

(まったく想定していないと言えば、嘘になるか……)

教え子で雁木町に残っている生徒はいた。だが、美咲が温泉旅館で伽役《とぎやく》として受け入れる女性なら、美しくプロポーションのいい条件は必須になる。

生徒でないとすれば、教師しかいない。自分と濃厚な時間を過ごしたのは、生徒と教師しかいないのだ。

(十年以上付き合いのある真琴だから、俺も受け入れやすかったのかな)

逆夜這いなど、山元には経験がない。心臓発作を起こしても不思議ではないくらいである。それでも、慣れ親しんだ存在だと本能的に感じたから、まどろみも吹き飛ばなかった。

しんしんと雪が積もる夜の部屋で、真琴の両手はせっせと快楽を送り込んできた。

「濃厚な匂い。はあぁ……立派ねぇ」

真琴は西欧系の美貌を蕩けさせ、濃厚な息を吐いた。

熱い風が肉樹の陰毛を吹き抜ける。先端の穴を人差し指で、ピタッと触れてきた。

絶妙なタッチに、山元は呻く。サラッと亀頭を撫でてくる。

「おおう……」

教え子たちの手コキと、紙一重で違う点は、変幻自在な力の入れ具合にあった。指腹で緩急をつけるだけではなく、関節の曲げ具合や肉棒の握り具合まで、ギアの入れ具合が細かい。美咲たちが十段階とすれば、真琴は五十段階くらいあった。

「まだ、いきなり出さないでね。早漏なのは知っているから……」

十本の指が、微妙な塩梅《あんばい》で、肉棒と精嚢袋をさすってくる。

山元は耐えながらも、真琴を押しのける気持ちを失くしていた。

(まだ、手で触っているだけなのに……)

肉棒が燃えそうに熱くなり、ガチガチに硬くなった。

「フフ、気持ち良さそう。さてと……」

フェラチオされるのかと、山元は身構える。

ところが、真琴は意地悪そうに笑った。

「どうしようかしら……分からないわ」

あっけらかんとした声に、山元は呆然とする。

「もう、何とかしてくれ……」

つい、懇願の口調になった。

ガバッと真琴が掛け布団をはいできた。うつ伏せから、立ち膝で上半身を起こす。

「ホラまた、オチ×チンが硬くなっているみたい。いやらしいわねえ……でも、いいわぁ……」

ネットリとした視線で、赤黒い怒張を眺めていた。両手は肉幹から離れていない。

丁寧な動きで、刺激を送り続けてくる。

(ギンギンになって、ああ、もう……)

反り上がりのラインを右手で撫であげられて、山元は腰を浮かせた。

「すごいわ。溜まっている状態じゃないの。やっぱり、時間をかけていこうかしら」

ペロッと真琴は舌を出した。

ムラムラと情欲が股間から燃え上がる。男の理性をたちどころに溶かし、全身まで包み込んできた。

(意地悪な奴だ……)

真琴はしっかり者だが、茶目っ気を出すこともあった。その様子が時には可愛らしく、時には意地悪く映るのだ。

「途中でお預けを食って、怒ったかしら？　安心なさい。市郎が主役なんだから、オーダーにはこたえるわ。フフフ、生徒たちのおもてなしで、わがままになったわね」

洗練された真琴の指が、肉樹に絡みついた。ゆるりと筒状の右手が上下に動き、山元のペニスをしごきあげる。ググッと射精欲がせりあがった。

「あらあら……感動の涙かしら。次から次へと……ウフフフッ」

真琴は躊躇しないでさすり続ける。

ヌルヌルと肉竿が先走り液で濡れていく。潤滑剤にして、真琴の右手はしごき続けてきた。ビクビクとペニスは感嘆を吠えあげる。

「んおお……」

全身から汗が噴き出す。山元はすっかり高揚感に包まれていた。

（体が熱い……）

股間だけではなく、全身が火照る。

「市郎、こういうところもさすってあげる」

真琴は男の前立腺までふれてきた。左手が精嚢袋の裏を撫であげ、ゆっくりと尻穴まで滑ってくる。

「やめてくれ……ほおおうっ」

「情けない声出さないで……ゾクゾクしちゃうじゃないの」

右手のしごき上げが強くなった。

(ダメだ……このまま……ああイク！)

快楽の塊が怒棒の中をうねり、爆発する。山元は止められなかった。

「きゃあああっ、もう、すごいわねえ……」

いぐさよりも匂いの強い生命の魂が、真琴の手を穢す。ビュビュビュビュッとすさまじい量が、ドロリと白い手に降りかかった。

「じゃあ、今度は真琴のアソコを慰めてぇ……スカートの中見たいでしょ？」

見たくないとも言えず、男は呻いた。

ニコリと笑って、真琴は膝立ちで後ろを振り返り、シックスナインの形になった。

自然とせりだす尻が、山元の眼前にせまる。

(三十五歳とは思えない、綺麗な肌だ……)

シミひとつないきめ細かいシルクの肌が続く。ひらりと靡《なび》くスカートから、ピンク色のショーツが見えた。レース柄の模様が、股間を更に疼かせる。

「真琴をクンニリングスで蕩けさせたら、セックスしてあげる」

魅惑の尻肉がタプンと揺れる。

(生々しい匂いが……)

股間が熱く痺れた。

「ふおお、ちょ、真琴……何しているんだ」

「フェラチオよ。当然じゃないの。だって、市郎にはまだ何もしていないのよ。勝手に射精しちゃって……はうむ……ふうう、まだまだ元気そう」

飴玉を舐めるように、口内に含み、転がしてきた。

(慣れているなあ……)

あっという間に子種が吸われ、萎えかけた肉棒が復活する。

「オチ×チンの方に気をとられないで、わたしにもしてぇ」

「ああ、分かっているよ」

心地よさと蠱惑の尻の狭間《はざま》を前に、山元は恍惚の顔になった。

「綺麗なヒップだなあ」

スカートの布地を捲《まく》ると、興奮が何倍にも湧き上がる。

(肌艶も、女子校生なみだ)

ピチピチでみずみずしく、なめらかな肌に指が喰いこむ。両手では収まらない大きさのヒップは、見事なバランスで熟れた脂肪がのっている。

「うふん、初めてお尻に触るみたいな手付き……」

「本当にいいのか、悩んでいるんだよ。真琴は人妻じゃないか」

「朱里も人妻よ。そんなの問題じゃないわ。市郎を癒したいひとりの女なら、何でもいいのよ」

誘うように真琴は桃尻を振ってきた。

山元は思わず生唾を飲み込んだ。ゴクリと大きな音が部屋に響く。

（うう、人妻の貫禄が匂ってきそうだ）

美女は高々と桃尻をせり上げてきた。ショーツがはちきれる尻から捲《まく》れて、太ももに落ちかける。非常に薄い布地で、恥丘を隠すのが精一杯のようだ。

白い尻肉を捏《こ》ねまわす。

「真琴のお尻で遊ばないで。オマ×コを舐めて欲しいの！」

「おいおい……」

真琴は婉曲《えんきょく》的な言い回しをしない。ダイレクトな要求で、蜂尻を押し付けてくる。

自然に鼻息が秘裂にかかった。その時、真琴の体がピクッと反応した。

「んあっ、はああっ……」

　生温かい感触が亀頭にほとばしる。突き抜ける肉の癒しに、山元の腰が躍った。反動で手がすべり、ショーツを摑んだ。腰紐の部分を引っ張ると、解けた布地がファサッと布団に舞う。

（うおお、すごいオマ×コだ……）

　ショーツを剝いだ瞬間、若々しいヒップが熟尻に早変わりする。臀裂が、一番の原因であった。厚い鶏冠《とさか》のフードが中途半端に開いている。裏肉から濃蜜があふれて、キラキラと輝いていた。

「結構、成長しているものだな……」

　感心して、山元は小陰唇から舌をすべらせた。朱里よりも熟成された蜜壺の入り口を、サッと舐めあげる。

「市郎、いやらしいぃ……あああんっ……」

　熟臀を揺らし、真琴はいななく。ポッと火を灯したような喘ぎに、山元の舌は活発な動きへ変わる。しかし、真琴も負けずに、逆に攻めてくる。

「んお、甘嚙みしないでくれ……」

「ウフフフ、またイクの？　顔射はいやよ……あはあんっ……」

刺激と快楽の伝え合いで、ふたりは悶絶する。どちらかが堪《こら》えきれなくなって口愛撫をやめるまで、交互に攻めあうようになった。

すっかり聳え立ちは硬くないr、しなっている。

「エッチね、市郎。やっぱり、真琴とセックスするのを楽しみにしていたんでしょ」

「勘違いはやめてくれ。んおっ……」

クルッと真琴は反転した。

膝立ちになり、蜜肉に亀頭をあてがう。ヌルンッとした秘粘膜が、山元の切っ先に絡みつこうとする。

「フフフ、入れてあげようかしらねぇ……」

桃尻を怒張の上にかかげて、真琴は肉竿を撫でる。甘い刺激が牡欲を高め、山元を襲う。腰を突き上げようとすると、美女はひょいとかわした。

「ダメよ、せっかちさん。せかせかするのは、真琴、好きじゃないの」

妖艶な微笑みを浮かべて、亀頭の鰓《えら》を右手の指に引っ掛ける。

「ぐおお……」

疼きが強まり、山元は腰をよじる。

チェック柄のスカートがひらひらと靡く。蜜合しかける様子が、チラチラと視界に入る。

(早く、入れさせてくれ……)

山元は真琴とひとつになりたかった。あまりのフェロモンに圧倒され、男は美女になされるがまま、性器を弄られた。

「すごい大きいわぁ……これで、美咲と朱里をよがらせたのねぇ……」

感慨に耽《ふけ》り、真琴は尻たぶでペニスを擦ってきた。ふにゃりと瘤のような亀頭が真琴のヒップを窪ませる。凄まじい快感に、山元の額から汗が噴き出す。

(やはり、経験値が違うな)

真琴はセックスのたしなみ方を知っているようだ。山元を飽きさせず、急がせない手練手管《てれんてくだ》は、他のふたりの及ぶところではない。

「そろそろいいだろ……」

山元はねだるように言った。自分の台詞とは思えなかった。

(俺は人妻を寝とろうとしているぞ。分かっているのか、俺は)

海綿体に潜む淫らな欲望を、真琴は容易く手の中で転がしてくる。

「ふうう、ようやく真琴も火がついてきたみたい」

妖しい光を瞳に宿す真琴。

プチッと音がする。ブラウスを脱いでいた。ボタンを外す音が大きくなるのは、真琴の巨乳に原因があった。

（なんていやらしい脱ぎ方を……）

真琴は一気に脱いでこない。山元の表情や視線を、細かく確認して、情欲まで入り込んできた。チラッとブルーのブラウスの隙間から、ピンクのブラジャーが見える。

「市郎はオッパイも大好きみたいだから、お乳もあげないと」

「あ、赤ちゃんみたいに言うな！」

ただ、ボタンが次々に外されて、まろやかなふくらみが見えると、山元は何も言えなくなってしまった。

（日本人離れしている巨乳だ……）

ため息が出るような大きさだった。クウォーター美女のバストは、スレンダーな体型にも関わらず、艶めかしい。巨乳なのに、トータルバランスがとれていた。

「まだ、トップを維持しているの。思う存分、吸ったり揉んだりしていいわよ」

「うう、おおうっ……」

尻スマタをされながら、山元は真琴の乳房に見入っていた。不規則に動く金髪美女の胸は、おそろしく白い。うっすらと血管まで浮かんでいる。

男の様子に、真琴は満足しているようだ。

「ほら、顔を近づけなさいな」

誘われるままに、マスクメロンの谷間へ顔を寄せる。

ハーフカップブラジャーに弾む双房が山元を撫でてきた。つるんとした乳たぶが揺れて、重たげに弾む。

「脱がせて……」

山元は真琴の肩に両手をのせた。ブラジャーの肩ひもを親指に引っ掛けて、ゆっくりと引き下ろす。ファサッとブラウスが開け、パッドが外れる。

「ああ、ううぅっ……」

どんなに淫戯に慣れている真琴でも、男に脱がされるのは恥ずかしいようだ。ポッと目元を紅くして、斜《はす》に美貌をそむけた。

山元は、丁寧にブラウスとショーツ、ブラジャーを布団の脇に置き、やがて真琴はスカート一枚の格好になった。

(夢見心地の気分だな)

同僚教師として見てきた真琴を、改めて女として意識し始める。

おもむろに舌を伸ばすと、乳首を下から舐めあげた。

「うああっ……ああんっ……あ、ふううんんっ……」

グンッと真琴は仰け反り、山元の肩をつかむ。天をあおぐ肢体が、ぶるんっと震えた。股の付け根の割れ目に、肉槍が突き刺さった。

「ほおうっ、ううう……」

山元も呻いた。

「あ、んっ、ちょ、いきなりセックスするつもりはなかったのにぃ……ああんっ、市郎のエッチぃ吸い方で、お尻が落ちちゃったじゃないのぉ……」

真琴は小鼻を啜りながらも、ウエストをあげようとしない。

「気持ちいいんだろ。俺もキュウキュウ絡みついてたまらん」

両の房を持ち上げて、チュウッと吸い上げた。唇を押し当てながら、山元は前後左右に舌先でねぶりまわす。

(何て豊満なバストだ……)

朱里の巨乳と比較して、まろやかさと包容力があった。真琴と比べると、朱里のオッパイはまだ弾力性の方が勝っていた。真琴も弾力性は十分にあるが、ふくよかな柔らかさもタップリ備えている。

「オマ×コもグチョグチョだな……」

「やあっ、言わないでぇ……」

気づいたら、真琴はゆっくりと貪るように腰を振っていた。肉竿に女の白蜜が垂れてくる。内奥の膣肉ともつれ合い、握りしめられる感覚に、山元は快楽に染められた。

「いやか？　褒めているのに」

「美咲や朱里と一緒にしないで……市郎を満足させられるのは、真琴だけよ」

喘ぎながらも、真琴は肉尻をしゃくらせてくる。

(エラを刈り取られそうだ)

亀頭にギュッと襞スジが張り付いて、捩じ切らんばかりに揉みしだいてくる。たまらない刺激に肉棒は躍《おど》り、ビクビクと蠢いた。

「はんんっ、ああんっ、市郎の大きいわ……おまけに太くて硬いぃ……」

「なら、もっと奥まで突かせろよ」

遠慮のない言い方で返すと、真琴は甘く睨み下ろし、静々と桃尻を下げてきた。

ズブズブ……ズブ。

「あはーーーーんっ、奥まで一杯ぃ……」

狼の遠吠えの如く、真琴が快楽を吠えあげた。

ムニュムニュと白桃の乳房を味わいつつ、山元も怒棒を突き上げる。

（膣の中でなめしゃぶってくる……）

人妻ならではの味わい方で、亀頭を膣襞で包み込んできた。朱里とは違う真琴ならではの揉み潰しだ。

「市郎のオチ×チン、長くて真琴の天井まできちゃうう」

「真琴のも……締めてくるぞ、ふううおお」

金髪がバサバサと揺れて、甘い匂いが漂う。同時に、三十五歳の白肌から噴きだした汗が飛び散り、生々しい香りに変わった。

山元は、真琴のくびれたウエストをむんずと摑み、力強いストロークを与える。

「コツコツ当たるな……これか……いや、こっちか……」

「どれも、真琴のオマ×コの底よ……」

啜り泣く美女の女筒が、キュッと絞まる。山元は仰向けに寝転がり、股間へ力を籠めた。バンッと桃尻が激しく股間に当たる。

真琴は山元の胸板に両手をついて、大きく口を開けた。その下で、ムチッとした乳房が、ユサユサと重たげに動く。

「ふう、ああ、んんあっ、そんな、あうっ、はあ、やっ……」

どうやら深く刺し貫かれるとは、真琴自身、想像もしていなかったらしい。喜悦に富むいななきと、よがり声が部屋に反響する。

更に山元は、腰をローリングさせた。

「ほあ、ああうっ、いきなり色々しないでぇ……」

「ふおおお、チ×ポが千切れそうだ」

蠱惑の粘り喰いに、山元は驚嘆と感激を滲ませた。

一段隠れたギアが膣肉にはあったらしい。ギリッと嚙み搾られて、怒涛の快楽の波がやってきた。

「いいのよ、ほら、市郎出して、真琴の中に思いっきり射精してぇ……」

語尾をしならせて、真琴はスカートを乱して喘いだ。

エロティックな声、豊満な乳房、蜜肉からの刺激に、山元の理性の堤防は、あっけなく崩れ去った。

「んおおおお……」

怒棒の先端から、劇悦の感涙が白濁液となって噴きだす。

「あああんっ、熱いぃ……まだ出るのね。はああ……いい、これを待っていたのぉ」

セックスレスを匂わせる安堵の息で、真琴は弓なりにボディーをしならせた。流麗な美貌がアクメに蕩ける。

（うおお、止まらない）

真琴の包容力が、肉棒の栓《せん》を緩《ゆる》めているようだ。何度も精液が水圧高く飛び出し、金髪美女の内奥にかぶりついた。

しばらくふたりは、ビクビクと体を脈動させ合った。

2

真琴が、次は場所を風呂に変えようと言ったので、山元はてっきり部屋付のかけ流し風呂で続きをやると思っていた。真夜中の上、周囲の宿泊客にも迷惑をかけないで済むからだ。

だが真琴の心情は別にあった。

「さて、混浴風呂に行きましょ」

山元の予想を真琴は簡単に覆《くつがえ》した。

「えっ、あそこは声も反響するし……大丈夫かな」

「何言っているの？　露天風呂も響くじゃないの。それに、喘ぎ声が大きくならない場所でセックスしても、市郎の癒しにはならないと思うの。普段できないセックスを楽しんでこそ、心が元気になるはずよ。市郎のためなの」

金髪美女は山元のためを思って、と何度も連呼してきた。それでも躊躇していると、殺し文句を繰り出してきた。

「もしかして、ダーリンは真琴の体に飽きたのね」

「俺はダーリンじゃない。おまけに、まったく飽きていない。多分、一生飽きることはないだろう」

しっかり否定して、馬鹿正直な感想まで付け加えてしまう。

「まあ……」

さすがに、真琴のうなじが真っ赤になった。

(すっかり旦那の存在を置き去りにしている)

まさか、離婚するつもりなのだろうか。

雁木町のような田舎では、不倫までは許せても離婚はいけない、というような封建的文化がこびりついている。そうなった場合、なにかと生活が窮屈《きゅうくつ》になってしまう恐れがあるのだが、それでもかまわないと覚悟しているのか。

いずれにせよ真琴にとって、夫はもはやただの同居人らしい。彼女はいったん割り切ると、どんどん前に進んでいくタイプだから、今回の山元を慰めるイベントも、ちようどいい機会と思っているのかも知れない。

「へえ、混浴風呂て、まだやっているのか……」

部屋を出て混浴場に着くと、山元は感心して言った。もしかすると真夜中には閉まっているのではと思っていたが、どうやら二十四時間営業のようだ。

「当たり前じゃないの。VIP専用なんだから、いつでも使えるはずだわ。それより、市郎。さっきのセックス、違和感がなかったかしら……」

妖艶に振り返り、真琴はウフフフと不敵な微笑みを浮かべた。

(違和感……？　特になかったが、何もかも違和感だらけとも言えるしな)

同僚だった人妻教師からの逆夜這い。手コキ、騎乗位。こんなことが起こるなどと思っていなかっただけに、違和感というか非現実感はいまだにある。

「何かあったのかな……」

分からない、というように山元は首を捻った。

真琴は流麗なボディーラインをひねって、スカートのサイドファスナーをおろす。

ファサッと檜の床にスカートが落ちた。

「ああ……」

「鈍すぎるわ。クンニリングスさせた時に、気付いて欲しかったわ」

山元は呆然とした。

(我ながら、ボンヤリしていたな)

真琴はバックの体位で、股間を見せつけてきた。陰毛がまったくない。ツルマンというやつだ。

キラキラと潤みが光り、粘り気の強い精液まで反射している。

「こうしたのは、理由があるの。着替えてくるから、答えを考えておいてね。正解したら、どうするか、選択権はダーリンにあげる。間違えたら、真琴の選択にしたがってもらいます。じゃね」

手をヒラヒラさせて、真琴は一度、浴場からいなくなった。

(着替えるって、どのみち裸になるのに)

何から何までマイペースな女だ、と山元は浴槽に下半身をつけた。湯があたたかく身に染みる。

しばらくしてから、真琴が「お待たせ」と声をかけてきた。

振り返った山元は、啞然とした。後輩教師はスカイブルーの水着姿になっていたのだ。白い柔肌と澄んだ青のコントラストに、美しい女体が映える。

真琴が怪訝《けげん》そうな表情になった。

「あら、そんなに驚くこと？　わたしの仕事、忘れていないわよね」

「あ、ああ……真琴は水泳部の顧問だったっけ」

もう、と金髪美女はむくれてしまった。

（水泳部と言っても、女子水泳部だからなあ……）

雁木高校のバレー部は、男女とも山元が顧問をしていた。一方で水泳部は学校が力を入れていて、女子、男子とも顧問がひとりずつ配置されていたのだ。

だからというわけでもないが、山元は彼女が水泳部の指導もやっていたことを失念していた。

「そっかあ。市郎はあの学校では、ほとんど真琴の水着姿を見ることができなかったのね。どう？」

「どうと言われても……」

競泳用の水着は、想像以上にエロかった。裸の状態より艶めかしい。真琴のこぼれんばかりの乳房をどうにか収納し、乳首がラバースーツに浮かんでいた。

山元は目のやり場に困ってしまう。

「ウフフフ、随分とお気に召したみたい。水着で、かなり体のラインを絞れるの。だから、裸の時よりキュートに見えるかなって……」

ゆっくりと水着人妻教師が、浴槽に入ってきた。

「さてと、市郎にご接待をさせていただきましょうか。回復力があるってことは、まだまだ、抜けるってことでしょうから」

山元の牡棒がひょっこりと湯面から飛び出す。メキメキと幹を伸ばすペニスは、無尽蔵の精力を詰め込んでいるようだった。

大きな瞳を淫情に燃やし、真琴は想定外の行動に移る。

「え、ちょ、何を……」

人妻美女は、乳房で盛り上がるラバー生地を、谷間へ寄せ始めたのだ。

「パイズリしてあげようかなって。生乳にしないと挟めないでしょ。それとも、前戯はやめて、いきなり突き刺したい？　アソコはもうトロトロだけど、もう少し楽しんでから、セックスに入りたいわ」

「分かった分かった……」

バスト九〇の双房が、ドンとまろび出る。寄せられた水着の生地は、分厚い乳肉の谷間に落とされた。乳房の麓《ふもと》が押し下げられ、生乳のサイズが三割増しになった。

（これだけで出てしまいそう……）

朱里の緊縛とは違い、水着で同じ状態を作り出した分、桁違いの淫靡さがあった。

「乳首にペニスを押し当てて……」

「あ、ああ……んおお」

言われた通り、山元は屹立の先端を、真琴の左胸にあてがった。

(すごい気持ちいい)

プクッと飛び出した生の乳頭に、尿道口の窪みが嵌まり、山元は呻いた。

「ウフ、経験ありそうね。市郎のオチ×チンはやっぱり熱い……オッパイ燃えそう」

眉をハの字にしならせ、真琴は右手で乳房を持ち上げた。

「なめらかな感触がたまらん」

ビリビリとくる快感に、山元は何とか暴走しないよう、理性を押しとどめる。

「硬いし、ズシッと重いのよね……太くて長い……」

真琴はぽってりした唇を開く。肉房を少し回転させる。怒張が乳たぶと心地よくこすれて、山元は腰を浮かせかける。

(やはり、楽しむ余裕が真琴にはあるよな……)

美咲や朱里は、山元を楽しませるのを第一に奉仕してくれた。永瀬真琴には、男に快楽を与えつつ、自分も性欲を発散しようという貫禄があった。

「フフフ、もう、カウパーが出てきたわ……」

「おうっ……気持ち良すぎるから」

チラッと真琴は卑猥な視線で見上げてきた。それから桃乳の谷間へペニスを挟み、体液を啜りあげる。

「市郎、ドクドクしている……」

「刺激が強い……おお、舐めてくれよ」

山元は懇願する。

「はいはい。ダーリンは、早漏だから……」

「ダーリンはやめろ。早漏でもない」

「早漏を治したら、ダーリンと呼ぶのをやめてあげるわ」

うっかり男は二の句が継げない。紅い舌が亀頭を舐めてきた。灼けつく熱さに、切っ先がビクビクと反応する。

「うう、何でこんな……」

いままで経験したことのない快楽に、山元は混乱する。

「フェラチオは、一点責めにしているの。みんな、色々な場所を舐めたりしてあげるみたいだけど、真琴は先端だけ。先っぽさえバカになるまでイジメれば、嫌でも射精するから」

悪戯っぽい微笑みで、舌槍を尖らせ、亀頭の窪みをほじってくる。

「ふおおお……」

獣の咆哮が浴室に木霊する。

「そうそう。よがってくれないと、イジメ甲斐がないの」

真琴は執拗に、尿道を舐めてくる。

両方の乳房を手で捏ねまわし、肉竿を包み込んでくる。

「ぐお、痺れる……」

快楽の呻きとともに、肉棒の感覚がなくなりだす。

「いかついペニスなのに、可愛らしい反応。愛しているわ、ダーリン……」

ピトリと唇が尿道口周りに張り付いた。刹那《せつな》、真琴は一気に吸い上げてくる。

「ふおお……」

昇天したような心地よさに、脳味噌が溶けた。

(嬲り方も色々あるものだな……)

ボンヤリした理性で、山元はフェラチオに思いを巡らす。

三人の美女に、ペニスを喰われた。所詮《しょせん》、喰い方など変わることはないと思っていた。だが、かくも攻め方が違うとは想像もしていない。

どれも、甲乙つけがたい快楽には変わりなかった。

「ダーリンのお漏らしが酷くなってきた。フフフ、栓が緩んでいるのかしら。ふう、チュッ、チュチュッ……」

ビクンッと山元の腰が跳ねる。

真琴は肘で男の太ももを押さえていた。

「ねえ、ダーリン。あの子たちに慰められてる間に、好きになった子はいるの？」

「美咲と朱里か？　んお、今回はただのおもてなしだろ……」

同じような質問は、美咲と朱里にもされていた。なるべく当たり障りのない答えを口にする。

（でも、ただのおもてなしでは、ないのだろうな……）

三人の共通点は顔見知りであり、山元に好意を持っていることだ。しかも、並々ならぬ恋慕の情愛である。もし山元に気があったら、全員が伴侶《はんりょ》に名乗り出てくる勢いだ。これまで、妻の介護に全てを注いでいたためか、そんなにまで自分が好意を向けられていたとは知らなかった。

真琴の舌先が、赤肉の穴を前後に擦ってくる。カアッと卑猥な熱が孕んだ。

「並の好意で、こんな真似するかしら。でも、ダーリンは真琴のモノよ」

「だから、ダーリンはやめろ……んんおお……」

三十五歳の金髪美女は舌肉を自由自在に変形させてきた。

尿道へ捻《ね》じ込んだり、軽く触ってきたり、逆に吸い込んできたり、と数えきれないバリエーションを見せてくる。

乳球の張りも申し分ない。張り艶とも抜群のバストは卑猥に形状を変えて、ムギュムギュと肉棒を揉んでくる。白い指の間から、しこり立つ乳首が見えた。

裏筋に水着のラバーの生地を感じた。

「我慢するのがバカらしくなってきたかしら」

嬲りながら、真琴は眼を細めた。

「うう、それ以上刺激を与えられると……」

山元は射精を予告する。

すると、真琴は舌肉を引っ込めた。

「え!? 何を……」

「もう、攻める必要はないでしょ。搾り取って、飲んであげるわ。ダーリンも大好きなんでしょ。美女が自分のザーメンを飲み下すの」

外見通り、真琴は淫戯もメリハリがあるようだった。

た。

「ほおうっ……」

「はうむうう、むちゅ、ほら、出すなら出しなさい……」

ベロチューで始まり、真琴の口が瘤肉を咥えた。

山元は興奮を一気に昂らせる。敏感な粘膜に女舌が絡まり、吸い上げようとしてい
た。

「うお、真琴の口も熱いな……」

「んん？　ダーリンのオチ×チンが燃えているからよ」

ジュポジュポと唾液を垂れ流し、真琴は金髪の美貌を振りたくる。

(彼女の中で、これはフェラチオとは呼ばないのか)

どちらにせよ、快楽に理性は溶かされ、白い煙となって消えていく。

「ふう、本当に長いのねぇ」

「おおう、手で……」

山元の脳内が銀色に輝いた。

真琴の白く長い指が、太幹に絡みついた。パイズリから手コキへと変わっていた。

搾り取るようなウネウネと巻き付く十本の指に、熱塊がせり上がる。

「チュパ、はうむ、ううん、匂いが濃くなってきた……」

するりと、白い手が引いていった。

「何を……ほおおお……」

真琴の美貌が股間に沈み込んだ。

肉柱に唇輪が絡みつき、滑り降りてきたのだった。その卑猥な光景に射精欲が跳ね上がる。

更に、喉奥の粘膜を亀頭が突いた。そしてもう一歩踏み込まれ、亀頭冠に粘膜がキュッと纏《まと》いつく。

「おううっ」

ドクンッと山元の腰が大きく爆ぜた。これまでで一番大きい快楽の波に、男は身を委ねた。

（人妻の二穴を穢してしまった……）

朱里の時には湧かなかった罪悪感が、山元の心にのしかかる。

「なにを暗い顔をしているの？　もう、真琴とガッツリ、セックスしたくないの？　ダーリン」

「だから、ダーリンは……」

山元の声が尻すぼみになる。

浴槽の反対側へ回り、真琴は檜の壁に手をついた。所謂《いわゆる》、立ちバックの体位になる。剝きたての卵のような白い太ももがあらわれた。

「んふ、ダーリンは、後ろの穴を使ったことがあるかしら」

そう言いながら真琴は、股間と尻を覆う水着のクロッチ部分を、大きく片方へずらした。

薄布の下に息づいていた媚肉と、むっちりとした尻たぼが剝き出しになる。

そうして人妻教師は、自ら尻肉を割り開き、アナルを露《あら》わにしてみせた。

「後ろの穴……」

オウム返しに言って、山元はジッと眼を凝らす。

コーヒーブラウンの窄まりが、ヒクヒクと震えている。不浄の穴は、真琴の意思とは別に呼吸しているようだった。

(ここでセックス!?　話には聞いたことがあるが……)

山元は正統派のタイプである。アブノーマルセックスなど、面白いのかも分からないものへ手を出す気にはなれない。

「真琴は、ダーリンにすべてを味わって欲しいの。お口、ヴァギナ、最後にアナル。三穴を制覇して欲しいの」

「三穴とも旦那さんの記憶を上書きして欲しいのか」

「二穴は上書きしてもらったわ。三穴目は、玩具で慣らしてあるだけで、バージンなの。だから、ダーリンに最初の男になって欲しい……」

金髪美女が水着姿でバックをさらす。おまけに、バージンアナルの嵌入《かんにゅう》を誘惑までしてきた。

山元はゴクリと生唾を飲んだ。

「ここかあ……」

背後に回り、そっと真琴の尻肌を撫でる。ツツッと右手を這わせ、括約筋《かつやくきん》の集まりへ人差し指を入れてみた。

「はううっ、んんんあっ……」

色っぽい声で真琴は反応する。

ピクッと皺穴が蠢き、ざわざわと収縮する。山元の人差し指が入ると、内部へ内部へと招き入れるように絡みついた。

「ああ、襞が指に巻き付いた……」

こんな感触を肉茎で味わったら、どれくらいの快感に襲われるのだろうか。

チラッと真琴が振り向いて、声をしならせる。

「はあぁーーん、今度は市郎のモノが欲しぃぃ……ん」

いやらしく開閉を繰り返す肛穴に、山元は逸物をあてがう。

「無理はしたくないから、抜いて欲しかったら言いなさい」

「ウフフフ、ダーリンが抜く気をなくすわ。さあ、早くぅ……」

流し目を送られる。男は真琴のウエストを摑んだ。

「じゃあ……」

ぶっとい怒張が、金髪美女の肢体を菊門から貫いていく。

ズブ、ズブブブ……。

「あっ、んんんっ、入ってくるぅ……市郎のオチ×チンが、真琴のアナルに……」

切なそうな声をあげて、真琴は瞼を落とす。壁についた手をギュッと握っている。

狭隘《きょうあい》な入り口が侵入を阻《はば》んだ。ゆるりと突き込むと、生温かい腸管に突入した。

「おおうっ、おうっ……」

圧迫感が強く、山元はいきなりイキそうになる。

(背後から犯すのは経験があったけど)

よもや、アナルを穢して欲しいとおねだりされるとは、想像もしていなかった。長大な反り返りを全て掘り埋めていいのか、良心の呵責《かしやく》に悩む。

「いいのお。ほら、もっとぉ……市郎のオチ×チンが欲しい……」

息を乱しながら、真琴は山元へ振り返る。

「大丈夫なのか……」

「何のことよ。市郎、気持ち良くないのぉ……つながっているところを見て」

真ん丸で美しいハート形をした、ゆで卵のようななめらかなヒップの菊蕊が目に入る。薄茶の皺菊が引き伸ばされていた。太幹がしっかりと真琴を貫いている。

「ほううっ……」

不意にペニスが締め付けられ、思わず、山元は腰を左右に振った。

(内奥を自由自在に収縮できるのか!?)

真琴のボディーラインは、水着の影響もあり、どちらかというと、美咲のスレンダーに近い。だが、みずみずしく、もっちりとした絹肌の下には、筋肉の鎧があるようだ。

人妻が喘ぐと、肉襞がククッと縮む。

それは、極上の快楽を肉棒に与えてくれた。

「んんあ、焦らしているなら……それはそれでいいわ……」

真琴は、山元が一気呵成《いっきかせい》にペニスを埋めてくると思ったらしい。

「少しずつ、無理のないペースで入れていくよ」

「変なこと言わないで。アブノーマルセックスなのよ……」

背中を押された気分になり、山元は思い切って、肉瘤を埋めていった。

ググッと真琴は流麗なボディーをしならせる。

「あぐっ、やっぱり、大きいのいいわ、はあーーんっ、んんんっ……」

嬌声をいななく金髪美女の内奥は、燃え滾《たぎ》る肉汁に満たされているようだった。

（まるで吸い取られるみたいだ……！）

膣壺と同様、腸管には襞がしっかりとあった。エラが擦れると、山元の眼前に火花が散る。

さながら熱い噴火口に締め付けられているようで、ヴァギナに挿入した感覚とは一味違う。

「はうううっ、真琴のアナルがダーリンのモノで一杯……」

充足感に、真琴の声は濡れている。

「んおっ。大丈夫なのか……」

山元は心中、快楽だけで充《み》たされていなかった。

（全部入ってしまったけど、もっと動いていいものか）

本来はペニスを入れる場所ではない。オーラルセックスと同じく、過度な刺激は互いの満足感に水を差してしまう。

「何のこと!?　動いていいのよダーリン」

真琴はまったく頓着せず、ピストンを要求してきた。

(虜《とりこ》になりそうだな……)

締まりが全体的に膣より強い分、嵌め心地は抜群にいい。加えて、立ちバックの体位での交差のため、征服感が半端ではなかった。

「分かった……」

両手で真琴の尻肉を楽しみ、ゆっくりと屹立を引いていく。

「ふあああっ……」

真琴の甘いよがり声は、山元の脳天に快楽の雷を放つ。

(エラで肉襞をこそぎ取っているみたいだ)

流線型の亀頭は入りやすく、抜きにくい槍型の構造だ。特に、真琴の菊筒がギュッと収縮してくると、エラに襞が絡む。

無理やり引っこ抜くと、たまらない甘美な感覚が腰回りを痺れさせた。

「市郎、自由に動いていいのよぉ……真琴のアナル、メチャクチャにしてぇ……」

金髪美女の甘い言葉で、山元の良心が吹き飛ばされた。

山元は一匹の牡になっていく。

「ふおおおっ……」

豊満な尻肉を掴み、前傾姿勢《ぜんけいしせい》になる。

「くはっ、ああんっ……」

体重を支えようと、真琴はスラリとした両脚を広げた。

「あうっ、いい、太いのがくるう……」

真琴は山元の変化を面白そうに眺めてくる。

（バージンアナルという割には、痛そうに見えないな）

三擦《みこす》り半《はん》で馴染ませた後、スローテンポで山元は抽送を開始した。

「ああんっ、あひ、んんん、ふああっ……」

雄々しい肉柱が、菊華に突き刺さり、真琴は感激の嗚咽《おえつ》をもらす。美女のいななきが木霊し、山元の理性を更に剝ぎとる。

右脚をひょいと持ち上げた。

「や、ああんっ、ダーリン……ああん……」

「俺にはこの方が楽だな」

天にかかげた右脚を真琴の頭の方へしならせる。パッと離すと、反動で桃尻が動く。豊満な熟臀が、股間にパンと当たった。

「やっ、あ、ああんっ、深いぃ、はあんっ……」

ユサユサと肢体が揺れて、真琴は喘ぐ。

「ふおお、締りが強くなった……」

「やあっ、言わないでぇ」

息を弾ませる真琴。

膝を浴槽につかせ、立ちバックから、後背位に変えた。白くまぶしい豊麗《ほうれい》なヒップが、濁り湯からぽっこり浮かぶ。

背後から真琴の肢体に寄りかかり、耳元で囁く。

「ケツマ×コでイクのかい」

「イクのお、市郎のオチ×チンで、真琴をイカせてください……はあぁっ……」

恍惚の表情で、真琴は頷いた。目元とうなじが紅く染まっていた。

(マゾっぷりは朱里といい勝負か……)

甘い匂いを胸に吸い込んで、力強い一撃を繰り返す。パンパンと桃尻が股間とぶつかり、真琴は牝鳴きを激しくする。

両手で熟房を揉みしだくと、面白いように菊筒は締まった。

「結構、アナルでセックスしているようだけどな……」

「いやん……市郎のオチ×チンを想定して、鍛えていたの」

恥じらいの表情でカミングアウトされると、男の股間は余計疼いた。

「ううっ、もう少しで出すぞっ」

「出してもいいから、オチ×チンは抜かないで。真琴はしばらく市郎のオチ×チンを嚙みしめたいの」

「いや、そんなこと言われても……」

沸々と精嚢袋からせり上がるものを、山元はハッキリ感じとった。

「イキそうなんでしょ。分かるわ」

真琴はゾクリとするような微笑みを浮かべた。

誘惑されて、山元は力強いピストンを何発も肢体へ打ち込んだ。

「ああんっ、アナルがなくなりそうなくらい熱い……」

絹を切り裂くような悲鳴とともに、真琴はシルキーな肌を波打たせる。

「うう、出すぞ、真琴のアナルにたくさん出してやる……！」

「ああ、あんっ、は、ああーーーーんっ、出てるぅ、ダーリンのが沢山っ」

ドッと堰を切ったように、真琴の尻肉の奥へと精を放出する。

弓なりに肢体を仰け反らせながら、真琴は直腸の中に、山元の肉棒からのほとばしりを生で受け止め続けた。

精の奔流を体感するように、豊満なバストがブルンと何度も揺らめいた。

第四章　美女の夜這いハーレム

1

三日が過ぎ、真琴からのおもてなしが終わった翌日の夕方。

「先生、どうしたの？　抜け殻みたいな顔しちゃって……」

お茶を淹れながら、美咲が微笑んだ。

「いや、美咲には感謝している。朱里や真琴にも。何か、十年ぐらいの濃密な十日間だった気がするよ」

山元は快活に、正直な感想を言った。すでに抑揚のない、鬱々とした雰囲気の山元ではない。ここへ来た頃とは比べものにならなかった。

それでも、美咲には元気のない表情に見えたようだ。山元には、なんとなくその理由はわかっている。

（結局、おもてなしが終わって、俺は寂しいんだろうな……）

昨日までの肉宴が嘘のように、部屋には静かで落ち着いた空気が満ちている。朱里と同じように、真琴も肉接待の期間が過ぎると、旅館を発っていった。

「これから、どうされるのですか？」

「え!?　ああ、ちょっと考えてはいるが……」

「何を考えていらっしゃるのでしょう」

微笑みを絶やさず、美咲は茶を差し出してきた。

この先、山元には四つの道が残されている。一つは、美咲の亡き夫に代わって彼女の婿になり、この雁木旅館を一緒にやってゆく道。

（温泉旅館の経営かぁ……）

このままここに落ち着いて、美咲と添い遂げるなら、旅館の経営に携わるのは必須になろう。教師と言えど、山元は数字や経理などに弱い上、知らぬ相手にペコペコ頭を下げられる性分ではなかった。

何となく煮え切らない顔つきの山元を、美咲が心配そうに見ている。

「おもてなしが足りなかったかしら……」

ポツリと彼女がつぶやいた。

「いや、それはない。そういう問題ではないよ」

慌てて山元は言った。

二つ目は、朱里と歩む道。

弁護士として働く女傑と添い遂げる。その時、山元は弁護士とは言わずとも、同等の資格か収入を得られる男になっていなければなるまい。まさか、おもてなしをしてくれた朱里のヒモになる選択肢など、ありえない。

（朱里かあ……）

これはこれで先行きが不安だ。

三つ目は真琴が言葉通りに離婚したら、彼女と一緒になる道。そもそも真琴は、本気で夫と離婚したかったらしい。

「そう言えば今回のおもてなしは、真琴がすべて提案してくれたそうだね。彼女は、そんなに夫婦仲が悪いようには思ってなかったけど……」

「もともと朱里のところに、離婚弁護士の依頼をしていたそうですわ。それがあって、今回のおもてなしになったのです」

悪戯っぽい瞳で、美咲は微笑んだ。

「なるほどねえ」

美咲の言葉を信ずるならば、三人ともフリーと受け止めて差し支えないらしい。

ただ、山元にとって、三人とも器量や社会的地位がハッキリしたキャリアウーマンだ。未来ある彼女たちが、自分のような中年と一緒になっていいのだろうか。

四つ目の道は、このまま旅館を辞して、一人暮らしに戻る道。もちろん、もう虚脱した生活に戻るつもりはないが、妻のことを忘れたわけではない。大切にしていた妻をこんなに早く吹っ切って、別な人生を歩みだしていいのか、少々整理がつかない思いもあった。

それに、教師を辞めているわけだから、新たな職を見つけないといけないことに変わりはない。

「どうしたものか……」

考えがまとまらず、山元がつぶやく。

そんな山元の心中を見透かしたように、美咲が想定外のことを言い始めた。

「先生。先生がこの先どう暮らそうとも、社会に円満に復帰されるよう、わたし達も全力で応援いたしますわ」

「復帰？　わたし達？　どういうことかな……」

微妙な言い回しが気になった。

そんな会話をしていると、扉が開いて、濃紺のジャケット姿の朱里が入ってきた。

「ただいま、先生。戻ってきたわよ」

「えっ、どういうことだ？」

驚く山元を尻目に、二人の美女がひそひそと相談を始めた。

「ちょうどよかった。朱里、これから、先生に話そうとしたところ」

「そうなの……真琴さんは戻るのが夜中になるそうだけど、どうしましょうか」

「先に始めておきましょ。三人でおもてなしできる時は、いくらでもあるから」

「お、おい。どういうことだい。おもてなしって、もう昨日で終わったはずだろう……」

山元が改めて尋ねても、ふたりは微笑むばかり。

時計を見ると、夕方の七時だ。夕食は先程済ませたばかりで、今夜はこれから湯につかり、今後のことを考えようと思っていた。

「先生、わたし達のおもてなしは、もうしばらく続きます」

「しばらく!?　あ、いや、もう十分だよ……」

「まあ、もう、美咲も朱里も抱くのに飽きまして？」

ふたりは、少し剣呑《けんのん》な表情になった。

「飽きてはいないが……あうっ！」

美咲と朱里が身体を預けてきた。仰向けに倒される山元の浴衣が開く。さすがに、女性といえど、ふたりの力には勝てるはずもない。

（おまけに、これから何をしてくるのか……）

相変わらず精力は抜群である。ただ、いくら精気を取り戻しても、ぶつけたり発散する相手がいなくなれば、元の木阿弥《もくあみ》になる恐怖感はあったのだ。

「あまり難しく考えないでください」

耳元で、美咲が優しく囁いてきた。

「そうは言っても……ほおおうっ……」

「先生、謙虚な態度は素晴らしいですわ。下の欲望は、もっと素晴らしいですけど」

パンツを脱がしながら、クスクスと朱里は笑った。

その様子を見て、山元も言われた通りにいろいろ考えるのをやめにした。

「からかうなよ……。この雪の中を、タイトスカートはきつかったろう」

「着替えてきたのです。当たり前ですわ。それより先生、もう、カチカチになっていますけど……誰をオカズになさったのです？」

「生理現象だ。元教え子に、ボクサーパンツを脱がされれば、誰でもそうなる」

山元は顔を真っ赤にして答えた。

美咲は股間にさがり、朱里と並んで肉棒を眺める。

「美咲か朱里のどちらか、白状なさい。おもてなしへの感謝にもなりますわ」

旅館の女将らしい理屈だな、と山元は感心した。

「ふたりだよ。ふたりを一回にズブズブッと交互で……」

多分、一生果たせない願望を、男は白状する。

眼を丸くして、美咲と朱里は顔を見合わせた。

(どうせ、馬鹿にして大笑いするのだろう。そうしてくれ……)

セックスに癒されても、溺れたくはなかった。そろそろ、緩みきった牡棒に栓をしなくては、と山元は考えてもいた。

「美咲と3P。まさか……それは考えていませんでしたわ」

「でも、朱里と比較してもらうには、一番効率的な方法よね」

「お前たち、何を言って……おおう！」

慌てる山元に構わず、美女の手が四本、股間の肉竿を摑んだ。稲妻が股間から脳天に走り抜ける。

熱量の違う舌が、亀頭を這う。ひとりに舐められる刺激の二倍どころで済む快楽ではなかった。

「ウフフ、先生のオチ×チンは、ふたりで舐めるぐらいの大きさですから。ちょうどよかったのかも……」

「でも、美咲と半分ずつには出来ないわ。先生はどう？　ひとりの方がいい？」

「おおうっ、そういうことは、後から聞くなぁ……」

ギンギンに漲《みなぎ》る股間を抱えて、山元の眼が潤んだ。

「あらあら、すごい可愛らしい反応……」

「わたし達、何もしていないのですけどねぇ……」

美咲と朱里もふたり攻めは初めてらしい。各々《おのおの》、マイペースにというわけにもいかず、相手に譲《ゆず》るつもりもないようで、猫舐めを続けてきた。

（ううっ、もう出そうだっ……）

二十本の指が、肉樹をつたのように絡まってくる。ムックリと肥えた先端に白い指輪が引っ掛かり、男の腰が跳ねた。

「相変わらず敏感ね、先生」

ふたりとも健気に奉仕を続けてくる。

（天国にいる気分だ）

絶えない刺激に、山元は呻き続ける。

見下ろすと、美咲と朱里が、亀頭を介して舌を絡ませているように見えた。美咲の舌先が裏スジを、朱里の舌肉が亀頭冠をなぞってくる。

「すさまじい……頭がおかしくなりそうだよ」

「先生、腰を動かしてごらんなさい。ふたりの指を膣壁、舌肉を膣底に見立てて。ザーメンは朱里が飲み干してあげますから」

美咲の舌肉が裏スジを這い回る。

朱里は髪を掻き分けてから、かぷっと亀頭を口で覆った。

（なんていやらしい光景だ）

人妻の口内を蹂躙《じゅうりん》している、という背徳感がゾクゾクと背筋を震わせた。小さなストロークで怒棒を往復させると、極上の快楽が肉竿をつたい、幹がビクビクと反応した。ねっとりとした唾液が淫靡さを更に醸し出す。

「美咲の舌遣い、上手いのね……相手が先生だから？」

「それもあるけど、先生のオチ×チン、あんまりにも逞しくて。美咲の子宮が疼くようになってしまったの」

「まあ……それは罪作りな方ねぇ……」

粘り気のある視線で、ふたりは山元を見た。

「朱里のオマ×コは、お気に召さなかったかしら？」

エリート美女が肉棒の先端を刺激し続けている。

「んんっ、朱里こそ、人妻なのに他の男に、こんないやらしいフェラを……」

「んふ、亭主なんて、ここまでしっかりしたペニスと比べれば、ただのふにゃちんですから。セックスもおざなりだし。あの人と別れたら、先生を養えるくらい、稼いで見せますわ。それだけ、存分に愛してくれたら……」

朱里は黒縁眼鏡をかけたまま、ペニスをしゃぶってくる。

「そこまで本気で言われるとなあ……」

こんなに熱く求められた経験は、今までの人生で初めてだ。

「ふおおお……」

美咲と朱里のフェラチオコラボは、実に息が合っていた。

朱里が竿と亀頭を舐《ねぶ》ってくると、美咲は精嚢袋を頬張ってくる。快感が快感とつながり、爆発し、山元は嫌でも腰をよじらせた。

「良かった、まだ元気で……」

美咲はホッとした表情を浮かべた。

「どういう意味だ……」

一瞬、山元はふたりの意図《いと》を察しかねた。

「今夜は、仕上げとして先生に夜這いをお願いしようかなと思ってるんです……」

「よ、夜這い!?」

美咲の提案に、山元は驚いた。

どうやら今回の肉接待は、山元をもてなすためであると同時に、性欲昂る三十路前後の美女の官能を満たすことも含まれていたようだ。

「もちろん、真琴さんも含めて三人ですよ。各自がおもてなしした部屋で横になっていますから、夜中になったら、先生には好きな部屋から訪れて欲しいんです」

「まさか、回る順でフィアンセも決めようというわけじゃないだろうな」

「さあ、美咲はそんなつもりはないですけどね。どちらにせよ、まだ先の話ですわ。わたし達の目的は、あくまで先生に元気になってもらうことです」

優しく明るい美咲の返事に、山元は納得してしまった。

2

夜。行灯型ライトに照らされる布団に、美咲は着物姿で入っていた。

(さっきの精力なら、三人とも夜這いしてもらえそうだわ)

山元の性格から、最初は美咲の部屋にやってくるだろう。朱里とふたりで、あれだけ牡欲を焚きつけて、発射させなかったのだ。

滾りたった肉棒をいきなり突き立てられるのを想像して、美咲は切なく太ももを擦り合わせた。

「あっ……」

誰かが部屋に入ってくる気配。美咲は体を固くした。すると、

(お尻に指が……)

襟足の綺麗なうなじが、紅くなる。かけていた布団がやさしく剝がされた。

「こんな着物では苦しいだろう。俺がなにか、コスチュームのリクエストでもした方がよかったのかな……」

無駄のない手付きが、美咲の帯を解《ほど》いていく。

先日の濃密な抱擁を交わす以前、美咲は女将として働く日々を送っていた。当然、女体の疼く日は自分で鎮《しず》めていたが、あくまで美咲の想像の範囲内での行為だった。

「ううっ、んんん、帯をほどくのが早すぎますわ……」

びっくりするような山元の手の早さに、美咲は耳たぶを真っ赤にした。

「苦しいだろうと思ってね……寒いだろうから、このまま脱がさずにするぞ」

「はああ、先生も苦しいでしょう。慰めますわ……」

「嬉しいね。でも、さすがに耐性がついてきたよ」

山元の手が着物の裾を左右へ開けてきた。

「実は、セックスに呑まれて、美咲の成長を味わうのを忘れていた。子をなす場所がどれだけ成熟しているのか、記憶に焼き付けておこうと思って」

「まあ、あ、んんんっ、だからって、いきなり……」

男の目標を知って、美咲は戸惑う。

股間は襦袢《じゅばん》まで乱されて、秘裂をさらしている。山元は、仰向けになった女体の下部へ覆いかぶさってきた。

「よく見ると、立派な二枚ビラになっているな。朱里や真琴と変わらないんだ」

「比較なんて、しないでください」

美咲は口を尖らせる。

痴臭がぷうんと漂い、山元は満足そうに呻いた。

「旦那さんには、クンニリングスさせたことはなかったのかな……」

「ないですわ。やっぱり恥ずかしさはありますもの」

「俺には、恥ずかしくないのか？」

「それは……」

ポウッと子宮に炎がともされた。

山元の指が肉割れに迫ってくる。叢を踏み分けて、左右へグイッと陰唇を広げられた。

「ああ、恥ずかしいぃ……です」

「そうだろうね……」

濡れ光る潤みを見て、山元は嬉しそうに笑った。

美咲はそこでうつ伏せにされる。羞恥心をなくすためらしいが、二十八歳の未亡人の体は火照るばかりだった。

（先生……）

（やっぱり着物の崩れる姿はエロイな……）

股間の爆発をかろうじて抑え、山元はスレンダー美女の肢体を楽しんでいた。

裾から覗ける太ももは、スラリとして眩《まばゆ》い。

「美咲は可愛くて優しすぎるところが、たまらない……」

「そんなこと……はあんっ……」

生娘《きむすめ》のような嬌声をあげて仰け反り、美咲は敷布団をキュッと摑む。

(耳朶《みみたぶ》を……)

想定外の攻めだった。

尻肉を揉み解しながら、男はうなじを舐めてくる。ピクッと細首が反応する前に、耳朶をカリンッと甘噛みされた。

結い上げた黒髪から、ふわりと甘い香りが漂う。

「俺よりも燃える時がありそうだな。もっと攻めて欲しい場所を言いなさい」

「何のことでしょう。美咲にはよく分かりません……」

内心、ドキッと不安を躍らせて、美咲は振り返った。

刹那、唇を奪われる。未亡人の瞳が大きくなった。

「はうむ、むちゅうう、んんん、先生、すごい……」

「欲しがっているのはどっちなのか……分かったものではないねぇ」

山元は美咲の本心を悟っていた。

雁木温泉の女将となり、聖女のふるまいを求められた彼女。だが同時に、痴女の心持ちを体の奥底に秘め続けていたのだ。

(あの人は、満足していたのかしら……)

ふと、美咲は亡き夫を思った。

美咲は彼のおざなりセックスに納得いかなかったが、その気持ちは相手にも伝わっていただろう。だが、夫のことを芯から嫌っていたわけではない。

なぜなら彼は、山元とそっくりの性格であり、外見だったからだ。

もっとも、股間の肉棒だけは、山元の方が圧倒的だったが。

(この人とのセックスで満足出来れば……)

もしかしたら、亡き夫を完全に吹っ切れるかもしれない。

美咲の声なき思いは、明確に像を結んだ。

「次から次へと溢れるねぇ……美咲の愛液が」

「言わないでぇ……ああ、あんんっ……」

山元は美咲の横に添い寝する。

右手で果肉をほじってきた。最初は桃尻を撫でまわしていたのに、ゆっくりと大陰唇に近づき、不意をつかれる。

パックリと秘唇を開けられた。

「俺と同じくらい、美咲も煮えたぎってくれて、嬉しいのさ。あまり、恥ずかしがらないでくれ。もう、突き刺したくて仕方ない」

「ええ、熱い……先生、この前より大きくないですか？　まだ、いやあっ……」

左のふとももに亀頭が擦り付けられてきた。

（ああっ、鉄みたい……！）

年齢にふさわしくない反り返りに、美咲は少し恐怖感すら抱いた。

「安心しなさい。いきなり捩《ね》じ込んだりしないよ。それに挿入しなくても、何とかなる方法は、美咲の方が知っているだろう」

「はああんっ、先生の指遣い……いやらしい……あんっ……」

美咲は瞳をギュッと閉じ、美貌の顎を浮かせた。

（潤み具合を調べているみたい）

丁寧な指の動きだった。

「美咲の真似をしただけさ。時間をかけて、ゆっくり焦らす方が、気持ち良くなれると、教えてくれたからね」

「そんな……美咲は、ただ、先生のお慰みになればと思って……」

「でも、悪くはなかろう……」

右手の中指が、秘芯を割り裂いてくる。しとどに濡れた美咲の華蜜をまとった武骨な指が、クイクイッと内奥をまさぐってきた。

(襞にすれて……)

ボワッと内奥が燃える。

「ふぐっ、あ、ああ、あふ、んん、あ、はんっ……」

白いもち肌から、一斉に汗が噴き出す。

(やだあ、先生に弄ばれてる……)

前戯の準備、という段階を飛び越えた愛撫に、美咲の理性が蝕《むしば》まれた。

「すごい汗だね……」

ペロペロと山元はうなじを舐めてきた。

ゾクッと美咲は総身を慄かせる。横に向いて、山元の肉棒を太ももの間に挟み込んだ。スレンダーな柔肉に、亀頭冠が引っ掛かった。

「先生のオチ×チン、本当に長くて硬いですね……」

「んおお、スマタかぁ……」

「一度アク抜きしてから、長く繋がっていたいですわ」

山元の牡幹がブルッと震えた。

(ああわたし、なんて格好に……)

秘所の叢に右手を差し込まれ、左手は乳房をまさぐってくる。濃厚な汗が生々しい女体の匂いへと変わった。

「女の香りがプンプンするね……」

「いや、先生、言わないでぇ……ああんっ、はああっ……」

ギンッと柔肉に挟まれた幹竿が、硬度を増した。

「スマタで美咲は感じるのかい？」

「ええ、だって先生の指が……」

美咲が眉根を寄せて、声を詰まらせた。

「指で馴染ませる必要はなかったな……やっぱり、貫かせてもらうか」

左手が美咲の左乳首をつねった。

「ああんっ、え、ああ、来てくださいぃ……」

美咲は嬌声を上擦らせる。

山元はおもむろにペニスを当てがい、ゆっくりと媚肉へと沈め込んだ。ねっとりと秘粘膜が怒張に絡みつく。圧倒的な雄々しさに、美咲は美貌を俯かせる。

「はんんっ、美咲の中をメチャクチャにしてぇ、ああんっ、すごいい……」

「ふおおお……」

山元は呻く。これまでにない膣壺の締めつけ感に、男根が快哉をあげる。

ズブ、ゴリッ、ゴリゴリッ、ズブズブ……。

「くあっ、はんんっ、何か違うっ、すごいぃ……」

内奥を充たす肉棒の胴回りに、美咲は改めて舌を巻いた。

(太いぃ)

細かい襞がプツプツと、亀頭に弾かれていく。

「ぐお、ちょっと、締りが強すぎるぞ、美咲ぃ」

山元が射精しそうな懊悩の声でうなる。

「先生、ずらして挿入し過ぎですわ。あぐ、んんあ、はんんっ……」

体幹の軸線から、肉幹の芯が外れている。

(美咲の中が抉られている)

怒涛の突きに、パンパンと淫らな音が鳴り響いた。

「あんんっ、いい、そう、もっと奥をぉ……」

むせび泣く嗚咽に、山元のストロークはますます強くなった。

(捏ねまわすほど、美咲はいい声を出す)

胎内との一体感が、美咲の求める官能のようだ。亀頭はスレンダーな美女の奥襞を突き刺す。グニャリと子宮をひしゃげさせる感触が伝わってきた。

「おおう、カリを……」

「好き勝手なさるから……あんんっ」

甘く睨み返す美咲の肢体を、山元は力強く抱きしめた。パンッと軽い音からバンッと重厚なたたき合いに変わる。

「んんんっ、何もかも忘れてしまいそう……」

「気持ち良くなるって、そういうことだろ」

「だけど、ああんっ……あ、ダメぇ、先生……はああんっ……」

ズンズンと凄まじいピストンに、美咲は脳震盪を起こしたような錯覚へ陥《おちい》る。

(ああっ、何もかも……)

雁木旅館の女将であることも、亡き夫のことも、抽送一発ごとに、脳内から消し飛んでいく。

残るのは、山元の肉棒一本だけだった。

「あひい、イキますうっ、ああ、美咲、先生のオチ×チンでイッチャウウッ……」

ひとりだけアクメに飛ばされたくないと、美女は瞳で訴えかけてきた。

「安心しなさい。俺も限界だっ……」

うねる膣壺に、肉幹が揉みしだかれていた。射精欲が昂り、いつ壁が決壊してもおかしくない。

乱れた着物姿で、美咲はスレンダーな肢体を弓なりに仰け反らす。ブツッと結い上げの髪がほどけて、布団に落ちた。シュルシュルと布が擦れる。

「ああんっ、奥に熱いの射精されて、美咲イキますう、あ、はあーーーんっ」

山元は雄叫びをあげて、女壺に聳え立ちを捻り込む。濡れ襞を掻き分けて、何度も白濁の熱射を注ぎ込んでいった。


「先生、朱里は目隠ししないといけないのですか……」

「おもてなしへのお礼もあるからね。本当は朱里は、目隠しプレイをして欲しかったんだろう……」

「あああっ……言わないでぇ……あんんっ」

黒縁眼鏡をとった美貌に、山元がギュッと黒い布地を巻いた。

行灯型照明の薄明かりが落ちる部屋。その真ん中に敷かれた布団の上で、朱里はふだん通りのスーツ姿で横座りしていた。

先ほど忍び入るように部屋に入ってきた山元は、浴衣姿で待っていた朱里の布団の中に滑り込んでくると、スーツに着替えるよう言ってきたのだ。

黒いタイトスカートと白いブラウス姿のまま、しどけなく座る朱里。目隠しを受けると、フォーマルさと淫靡さのコントラストが際立《きわだ》ち、山元はつい喉を鳴らした。

「綺麗なインテリ弁護士が、こんなにエロイとはねえ……」

「先生、嫌なこと言わないでぇ……」

頬を紅くして、朱里は体をよじらせた。

「なめらかな太ももがたまらん」

「ひゃんんっ……」

ゴツゴツした指がムチッとした太ももを撫であげてくる。

(眼が見えないから、感度が高くなっている)

目隠しプレイは、夫と別居してから覚えたものだ。

自慰も同じ方法だけでは飽きてしまう。そこで性感帯を開発しようと色々と試す中で、視覚を遮断《しゃだん》すると、性感が数倍に跳ね上がることに気づいた。

「ふううんっ……ああ、先生の指が朱里のアソコに……」

「朱里の指はどうするつもりかな……」

ふっと栗の花の匂いが、朱里の鼻腔をついた。

「先生のオチ×チンを……つかませて。フェラチオしたいの……お願いしますぅ」

相手の強みであり、同時に弱点でもある性器を手中にしておきたい。そうすれば、朱里の心は淫靡な安堵に包まれる。

山元がフェラを許すと、タイトスカートから肉感のある太ももをさらし、朱里がペニスに指を搦めた。飴色の肉樹をギュッと握られる。

「ふおおお、そんなにしごかなくても」

朱里は運動部出身だけあって、身体能力は優れている。肉幹を摑む握力も相当であった。おまけに激しく上下方向へ動かされると、包皮が連動する。ムクムクとエラが張り、雄々しさに拍車がかかる。

「よ、よし……こっちもいじらないとな」

「え!? あ、ああんっ……」

タイトスカートを捲られ、ショーツを引き絞られた。陰唇の肉土手にショーツの布地が嵌まり込んだ。

（擦って圧迫されて、痺れちゃう）

グチュグチュと卑猥な音が部屋に響く。

「おおうっ！　相変わらず小悪魔な舌遣いをするなぁ。一気に射精しそうになった」

「そうかしら……先生のオチ×チンが敏感なだけですわ」

朱里はフェラチオについて、何パターンかの嬲り方を使い分けている。

（一番、喜ばれるのは、ピンポイントでイカせる方法だけど）

山元は、長時間味わうパターンが好みだった。

綺麗なピンク色の唇に呑み込まれた亀頭へ、舌先がまとわりつく。男の腰が無様《ぶざま》なほど脈動した。

（本当に眼が見えていないのか!?）

朱里の攻めは、実に巧妙だった。

美咲とふたりでフェラチオしてきた時とは違い、ネットリと緩急をつけて、亀頭を舐めてくる。

「フェラチオだけなら、三人の中で、朱里が一番上手いかも」

「それは光栄ですわ。出来れば、何もかも一番になりたいですけど」

「んおおおっ……」

エラを甘噛みされて、山元は吠えた。

「あら、ごめんなさい……」

わざとらしく朱里が笑ったが、男は怒れなかった。

(真琴や美咲と違うのは、唇が離れないせいか……)

熱い吐息や、甘ったるい声が振動に変わり、肉柱へ快楽の雨を降らせる。

すべての根源は、朱里のぽってりした唇を含めて、美貌のどこかしらが、必ず怒張に接していることらしい。

「しゃぶりなれていると言った方がいいのかな。旦那さんとのセックスで身につけたのかな」

「変なこと言わないでください。夫のモノは、フェラしたことなんてあったかしら。先生のオチ×チン、立派過ぎるから、いつも舐めていないと不安になるの」

「苦しいなら、止めていいいんだよ」

「違いますわ。逆に安心するの。おしゃぶり大好きだから」

優秀な弁護士の人妻美女に言われて、ムラムラ来ないはずがなかった。夫よりも男性器が勝っていると囁かれ、どす黒い劣情が燃え上がった。

シックスナインの体位になった。

今度はねんごろに、山元は膣洞を弄りまわす。大きなヒップが震える。ショーツを脱がすと、朱里は蜂尻をおろしてきた。

「おいおい。ちょっと……」

「ウフフフ、先生、しばらくマングリ返しになってくださる？」

ふいに山元は足を大きく上げさせられ、肛門を朱里の目の前に晒された。男の恥じらいと興奮は最高潮になる。

「ちょ、朱里、やめなさい……ふおおお」

「んふ、チュパ。開放的でしょ？」

朱里は面白そうに、山元の前立腺を舐めてくる。不浄の穴に迫る勢いで、蟻《あり》の戸《と》渡《わた》りを女舌が這いまわるのだ。

(何て気持ちいいんだ……ああ、あの世に行きそう……)

睾丸を揉みほぐされる。柔らかい手にコロコロと玉が転がっていく。

「んああ、あんっ、先生、密かに朱里のクリトリスを嚙まないでぇ……」

クネクネと朱里はウエストをくねらせた。

「これぐらいしないと、射精してしまう」

山元は本音を言った。

「いいわ、出していいの。中出し一発で終わらせないで。長く楽しみたいの……」

チロチロと舌が肉竿を舐めあげてくる。ググッと射精欲がせりあがってしまう。

「ほら、弁護士の服を、ザーメンで一杯にしてちょうだい……」

気づけば、山元は抵抗できない体勢にされていた。

蒼い稲妻が走り抜ける。チュッと朱里がキスマークを股間につけてきた。豊満なムチムチのヒップに敷かれた山元は、快楽に流されるしかなかった。

「ふおおおお……イク、イクぞおお……」

「きゃあああ、ああ、いい、いいわああ……」

ビュビュビュッと連射砲で、白いブラウスに精液の飛沫《しぶき》がぶちまけられていく。べっとりとした白濁液が、人妻の胸元を生々しく汚した。

「んふふ、ドロドロにされちゃった……。先生、お風呂に行きましょう」

顔にまで飛んだ精液をいやらしく舌で舐めながら、朱里が目隠しを取る。

特殊な体勢で放出した快感に恍惚となり、山元は少しの間、動くことができなかった。

部屋付のかけ流し風呂には、マットとローションが用意されていた。ひとまずふたりは、ベトベトの状態を解消すべく、互いに洗い合うことにする。

「先生……服を脱がせてくださらない？」

サマービーチでオイル塗りを頼むような口調で、朱里は妖しい瞳を流してきた。

「ああ、もちろん……」

相手と正対し、ブラウスのボタンに指をかける。

とその時、誰かが浴室へと忍び入ってきた。ピトリと乳房が山元の背中に当てられる。

「おおぅ、真琴か……。驚いた。ここは朱里の部屋だろう……」

「だって朱里とのセックスが終わったら、市郎が来ないような気がしたのよ」

「ううう……」

金髪美女の言葉に、山元は唸った。

(たしかに、このまま玉袋を空っぽにされかねなかったか……)

朱里は一度の射精で満足せず、こうして風呂場プレイに山元を引っ張り込んだのだ。

真琴の部屋に行かせる余裕など、与えるつもりはなかったらしい。

「はううっ……おい真琴、これじゃルール違反……」

「何をうろたえているの。オッパイで背中を洗ってあげているだけじゃないの。安心して。朱里にも、こうなるかもって伝えておいたのよ」

真琴の言葉に、朱里も仕方ない、といった様子で頷く。

「美咲はこの旅館の女将ですからね。先生とふたりっきりで、ゆっくり楽しませてあげたいかな、って譲ったけど、人妻のわたし達は、不倫しているっていう罪悪感はあるし、先生と今すぐ結婚できないから、なんでもありで楽しませてもらうわ」

「そういう問題じゃないだろ。ほおおうっ……」

「でも市郎に気持ちよくなってもらって、朱里も真琴も気持ちよくなりたいの……」

背後からふっと、真琴が耳朶に息を吹きかけてくる。

男の体がゾクッと震えた。

(バストが背中を……)

真琴はマスクメロンの生乳に、ローションをたっぷり塗し、背中を上下させてくる。

「逞しいから、乳首が勃っているの。分かるでしょ」

「ちょっと……気が散るから話しかけないでくれ……」

朱里が悪戯っぽく微笑んだ。

「ふたりの体で、洗って差し上げますわ」

汚れたブラウスのボタンを外すと、豊満なバストが現れる。綺麗な釣り鐘状の肉房は、張り、艶《つや》、ともに完璧である。

「じゃあ、先生、横になってください」

マットを用意すると、艶っぽい声で朱里は美貌を上気させた。

仰向けになると、ネットリと温かいローションが身体にまとわりつく。裸になった人妻美女ふたりが、左右から覆いかぶさってきた。

（極楽浄土の気分だな……）

朱里はうっとりした顔で、股間を攻めてくる。まったく飽きない様子で、肉棒を乳房の間に挟み込んだ。

「市郎、キスして……あふむ、むちゅう……」

真琴は待ちかねたように、唇を奪ってきた。呼吸を奪われて、唾液を流される。トロトロの甘い蜜を、山元はゴクリと飲み下す。

（ヒップとパイズリで……）

真琴のふくよかな臀部と、朱里のまろやかな艶房に挟まれ、肉棒は呻く。

「市郎、真琴のオッパイには興味ないの？」

「そんなことは……」

悲しそうな顔をする真琴に誘われて、山元は乳房へ手を伸ばす。

(うう、何て柔らかいのだ……)

美しい桃乳の曲線は、悩ましいほどにみずみずしい。巨大なゴムボールのような艶房が盛り上がっている。

「もっと乱暴にしていいのよ」

キスの合間に耳元で囁かれて、山元の理性は消失していく。

ムギュムギュと荒々しく鷲摑みにすると、真琴は嗚咽のこもった息を流し込んでくる。甘ったるい痺れが体中に走った。

「ああんっ、はううっ、熱い、んあっ、はああっ……」

「市郎の手つきがいやらしいわぁ……あむ、はあうむ、もっと吸って……」

すべてはローションのせいだ、と山元は思った。

潤滑剤の液体が、肉房のすべてを摑ませないようにしている。山元の手は、潰れんばかりに、熟房を揉みしだいているはずだった。だが、ツルツルとすべり、弾力性のある女肌を指が流れていくのだ。

キスとフェラチオの吸引圧が、どんどん高まっていく。

「ちょ、ちょっと待ってくれ。またイキそうだ……」

男は吐精欲の再燃に慌てた。

「朱里さん、市郎さんの肉棒が噴火するみたい……」

「分かりました……」

股間が熱くなる。

朱里はペニスにしゃぶりつくと、すっぽりとそれを口に収め、さらに奥へと吸引し始めた。

(こ、これはディープスロート)

真琴にフェラチオされた時の記憶が蘇った。

「うふふ、気持ちいいでしょ。フェラチオで、喉マ×コぐらいできなければ、市郎のお慰み役なんてつとまらないわ……」

「はうむ、んんぐっ……」

「朱里の喉粘膜が引っ付いて……んんおおおお」

噴射の予感に、朱里の大きな裸体がビクンと跳ねた。

(ああ、教え子の喉に俺は……)

「おおう、出る！」

雄叫びとともに、猛烈な吐精を喉奥にぶちまける。肉幹は狂気乱舞し、暴れまくる肉竿の先端を、朱里の喉粘膜がキュウッと締めてきた。

「んんあ、はああっ、んぐっ、んんぐっ……ぷはあっ……」

「市郎ってば、ずいぶん沢山出したのねえ。本当に絶倫だわ」

「か、からかうんじゃない。ううう っ……」

後汁を朱里にチューチュー吸われて、脳天が溶けそうになる。

「気持ちよさそうな顔をしている時点で、何を言っても無駄よ。ほら、うつ伏せになって。市郎の体の下に、真琴が入るわ」

酒池肉林の熟語が、ふと、頭をよぎった。

仰向けになる真琴の裸体がキラキラと光る。

「喉マ×コに出したあとは、真琴の子宮にもいっぱいちょうだい……」

陶然として真琴が言い放つ。

ローションにまみれてツヤツヤと絖光《ぬめびか》る熟女に、山元は誘い込まれるように覆いかぶさった。ローションまみれの汚棒が、真琴の肉裂にふれる。背後から朱里が乗っかられると、まだ硬い逸物でズブリと一直線に真琴の裸体を貫いていった。

「ああーーーんっ……市郎の太いぃ……」

澄んだいななきが夜空に響き渡った。

(真琴の奥は熱い……)

グッグッと金髪美女の奥蕊は、煮えていた。

「上手く動けないな……」

牡槍を引き抜こうとしても、ローションで踏ん張りがきかず、背中に朱里がいて体が言うことをきかない。

「いいのよ。ガンガン来られたら、すぐイッちゃうから」

ウットリとした瞳で、真琴は唇を啜ってくる。

「先生の背中って、すごい逞しい。ふうん、本当に引きこもりしていたのかしら？　誰か他の女性を泣かせてたとか……」

「冗談はやめてくれ」

朱里が生乳で背中をさすりながら笑った。

（ああ、前後から乳房に挟まれるなんて……）

夢のような気分だった。

真琴、朱里ともバスト九〇はあるはずだ。しかも、滅多にお目にかかれない美乳である。

「先生、マットプレイは慣れていないのね」

耳元で囁き、朱里は軽やかに体を移動させた。

そしてグイッと、背後から臀部を押してきたのだ。

「おおうっ、ちょっと待て……」

股間の鉄棒がグリッと真琴の秘肉を抉る。

「あはんっ、やあっ、市郎……」

「俺じゃない。朱里が後ろから……」

「何のことでしょう。先生、人のせいにするのは、感心しませんわ」

クスクス笑って、朱里はまたピタリと体を寄せてきた。

(荷重移動に慣れている)

真琴は想定外らしく、両脚を宙に浮かせて悶えていた。ヒラヒラと白い脚が羽のように舞っている。

彫りの深い美貌がゆがむ。

「市郎のオチ×チンで、真琴のオマ×コ裂けちゃう……」

「それはない。ああ、朱里、変な真似をやめなさい」

「ええ、何のことですか」

背後からまた体重をかけられる。

「んひいいっ、深いいいぃっ……ああぁっ、イクうう」

ずっぷりと嵌まり込んだ秘粘膜と性器は、わずかな動きで神経を刺激され、互いの性中枢を嬲る。ビクビクと真琴の媚肉が痙攣した。

(真琴が、獣のような声を……)

人妻教師のアクメ顔を眼前にすると、股間の猛りはますます激しくなった。

「んふふ、気持ち良さそう。朱里は先生とシッポリとセックスしたかっただけなのに、真琴先生が割り込んでくるからですわ」

不意に人妻弁護士が言った。

「真琴とふたりでプレイするのに反対だったのか？」

「朱里が引き立て役というか、わき役にされるのは分かっていましたから」

朱里の本音を聞いて、山元は複雑な気分になった。

(そんなにまで俺を……喜んでいいのだろうか)

もはや、本気の不倫行為になっていた。

慰めるつもりで、山元は言った。

「安心しなさい。朱里にも、もうセックスしたくない、というくらい、気をやってもらうから。順番が変わるだけだ」

「うれしい……！　オチ×チンでめちゃくちゃにしてくださるのね」

元教え子が淫らがましく笑う姿に、ついドキリとする。

(飢えた女はすごいな……)

内心、山元は三十路女の性欲に、敬意を表した。

「朱里。まず真琴を満足させるから、真琴の部屋に行っていなさい。ここで、中途半端なアクメは味わいたくないだろう。ふたりきりで改めて可愛がってやるさ」

「うふふ、無理なさらないでね……」

湯気に紛《まぎ》れて、朱里は先に風呂を上がっていった。

(元教え子とシッポリかあ……)

ゾクゾクする興奮と、人妻と交尾する罪悪感が山元の肉棒を再び硬くした。

やがて、山元は真琴の足をさらに大きく開かせると、密着したまま、またも腰をうねらせた。尻穴に力をこめて、激しく奥をほじる。

「はあんっ……抜かずなんて、すごいぃ……真琴、おかしくなりそう……」

直線的なピストン運動に、しゃくりや円運動も加える。粒襞がゾロッとエラと擦れて、とてつもない快感に股間は燃え上がる。

腰回りに手を組んで、力が分散しないようロックする。それから、ズンッと体重をかけて、一撃を見舞った。

「ああんっ……奥いいっ……」

「俺のチ×ポも蕩けてしまいそうだ……」

正面から受け止めず、逃げるわけでもない真琴の蜜襞。愛《いと》し気《げ》にペニスへ絡みついては、亀頭冠を搾りあげた。

ゴリゴリと子宮を抉り抜くと、真琴は大きな瞳を白黒させた。

（もうイク……）

熱塊が、またも限界を知らせてくる。

「奥に出すぞっ……」

「はんんっ……きてぇ……」

山元の首に両手が巻き付いてくる。バスト九〇のたわわな実りを揉みしだいて、規則的に捻り込んだ。

「ぐうううっ……イク！」

一瞬、男は止まってから、怒張を最大限に膨らませる。

それからは、もう止めようがなく、金髪美女の子宮めがけて熱射を繰り返した。

「はああんっ、熱いの一杯ぃ……いいのお、もっとたくさん……ああんっ、妊娠しちゃうわぁ……あ、あううっ、真琴またイグッ、イグッ、イグウウッ」

ドクンと金髪美女の裸体が跳ねまわり、弓なりに反った。ふくよかな肉体が波打ち、風呂場を濃密な淫気で満たしていった。


山元は浴衣を羽織った姿で、そっと朱里の待つ部屋に入った。

部屋の構造は変わっていないのに、中にいる女が違うだけで、新鮮な気分になる。

「あれ、もう真琴さんは気をやったの？」

山元と同じ浴衣姿で、また黒縁眼鏡をかけた美女弁護士が、驚いた表情で振り返った。

「これは何をしているのだ？」

襖を開けると同時に、山元は少したじろいだ。部屋は今までと違って煌々《こうこう》と明かりがつき、隅に三脚と、大きなカメラがセットされていたのだ。朱里はこれから起こる睦《むつ》みあいを、撮影するつもりなのか。

「これで動画を撮って、旦那に送るんです。朱里には、こんなに素敵なセフレがいるから、もう二度と会わないで欲しいって」

「おいおい、本気でそんなことを？」

心配そうに山元は言った。

「冗談でこんなことしないわ……」

言いながら人妻弁護士が、しゅるりと浴衣を脱ぎ去る。

山元も腹を決め、浴衣を畳に脱ぎ落とした。

「安心してください。先生にご迷惑は……はあん」

カメラが、ふたりの裸を録画している。

「一段と綺麗になったな、朱里」

朱里の背後から布団に乗り、振り向いた朱里の唇に、そっと唇を重ねる。黒髪が揺れ、蕩けるほどの色香の漂わせた。

「積極的ね、先生……はうむ、むう、んんん」

立ったまま、ふたりは愛欲の息を吸い合った。

（まるで愛人だ……）

元教え子の人妻弁護士を、愛人と捉えてみる。

不倫をしている臨場感が生々しく湧き上がってきた。ふたたび唇を合わせると、舌先で歯茎をなぞり、元教え子の甘い口内を味わう。

「はうん、んちゅ、あ、はむううっ……」

朱里も恍惚の表情で応じてきた。

互いの舌がもつれ合い、必死に求め合う。山元の手は、無意識に朱里の桃尻へ向かった。ムチッと熟れた脂ののった尻肉を、ギュッと摑み上げる。

「ふうん、先生……あはあんっ……」

間延びした嬌声で、朱里は男の劣情を煽ってくる。

どちらからともなく、布団に倒れこんだ。山元が仰向けになると、朱里の舌が、首から下を這ってきた。

「おおうっ……んあ……」

「先生の乳首もピンと勃っているじゃない……」

嬉しそうに朱里は微笑んだ。

二十九歳の人妻らしい、濃艶な雰囲気に、山元は呑まれていった。

(夫に見せるためか……)

愛おしそうに肉竿へ桃尻がすりつく。

「この硬くて逞しいオチ×チンがたまらないのぉ……」

プリンッとふくよかなヒップの肉感が、そそり立ちを滾らせる。

(何度見ても、オッパイは大きいよなあ……)

小玉スイカくらいの豊乳が、眼の前で弾む。

「ほら、朱里のオッパイ好きなんでしょ。吸って、揉んで、ああ、好きにしていいの」

人妻美女は、女欲を煽るように言い募《つの》った。

山元がフルフルと揺れるメロンバストを揉みしだくと、見事な弾力で肉房が指を押し返してくる。

「うおお、何て色っぽいオッパイだ。いやらしいぞ、朱里……」

興奮気味に男は言った。

(もうグッショリ濡れている……)

自分に跨る朱里の股間から、淫らな湿気がたちのぼった。

「先生、見て。もう、オマ×コがグチョグチョなのぉ……」

「おおお……」

朱里が体を反転させ、シックスナインの姿勢をとった。

湯気が立ちそうな媚肉の蕩け具合に、山元は本気で唸った。

(粘ついた愛液が花弁から出ている)

白く輝く大きな桃の実のような臀部が、パックリと開かれた。

「オマ×コもいやらしいな……ヒクヒクして、欲しがっている」

「ああんっ、そうなのぉ……」

黒眼がちな瞳を潤ませて、朱里は振り返った。知的な美貌は上気している。

「朱里がタップリ、先生のオチ×チンを味わってから、オマ×コも舐めて……」

明け透けな哀訴に、山元は頷いた。

(これまでとは違うフェラチオか……)

もしかしたら、朱里はさらに淫らな階段を登ったのかもしれないと思った。

「ふうん、先生の亀頭って、大きいのぉ……」

小鼻を近づけて、精の香りを楽しんでいるようだ。

(ううう……早くしてくれ)

ガチガチの肉棒は、愛撫を待ちわびている。

「ウフフフ、何度舐めても、せっかちな性格は治らないのね」

「朱里がいやらしくて、綺麗な女だからだよ」

「褒めてもすぐには、舐めてあげませんわ」

クスッと朱里は笑った。

焦らしているようだった。多分、撮影した映像を見る夫に性器の違いまで知らしめるのが目的なのだろう。白い手が肉樹に巻き付く。

（うう、何てスローテンポなんだ）

蒼い快感が肉棒から、絶え間なくやってくる。飴色の肉竿に、青黒い静脈が数知れず浮いていた。そこには、牡欲がのたうち回っていた。

「あら、もう我慢汁？　先生……もう少しお預けだわ」

朱里はゆっくりと右手で、山元のペニスをしごく。

「んおお、早くしてくれええ……」

ついに、山元がフェラチオと手コキをねだってしまう。

「あらあら、先生、頑張って……」

陶然としながら黒縁眼鏡のブリッジをさわり、朱里は桃尻を下げてきた。

（うおおお、迫力がすごい……）

焦らしに焦らされたせいか、巨大な桃のような双臀が、丸々と膨らんで見える。匂い立つ甘い曲線が、はち切れんばかりに迫り出していた。

ゴクリと山元は生唾を飲む。

「朱里のオマ×コの様子を言ってください。いやらしく褒めて。そうしたら、先生のオチ×チンをナメナメしてあげますわ」

「ううう、エグイ注文を……」

朱里の両手が視界から消えて、ヒップに遮《さえぎ》られた。

(さすっているな)

どうやら、両手と頬で肉棒をスリスリしているようだ。想像するだけで、一気に股間が爆発しそうな気分だった。

「パックリと肉ビラが開いているよ。ネットリと、いやらしいマン汁を垂らしながら、俺のペニスを待っているみたいだ」

「ウフ、嬉しいわ……はうむうう……」

口輪が肉棒をすべり落ちてきた。

男は、歓喜に理性を飛ばされる。

(口マ×コって感じだ……)

いままでのフェラチオがおざなりに感じるくらい、ネットリとした嬲り方だった。

ブルブルとカリを震わせる。

「いいわぁ……先生のオチ×チン素敵ぃ……夫のより硬くて、逞しいぃ」

ビリビリと火傷《やけど》のような愉悦と、電気のような刺激が、肉棒の先端に宿る。山元の息が荒くなると、朱里の舐めしゃぶりも激しくなった。

「先生のオチ×チン好きぃ、ああ、熱いのがやってくるのね……」

貪婪《どんらん》かつマメな舌遣いに、肉幹が痺れる。

(夫でない男のペニスを一心不乱に……)

人妻弁護士の美女が、健気に肉茎を口愛撫してくる。

「ああんっ、出るのね……全部、すべて飲ませて……ああ、イカせてぇ……」

朱里は自らの喘ぎで、更に昂っているようだった。

「おおっ、ううぅっ！」

熱塊が男根から迸《ほとばし》り、朱里の口内を一瞬で充たした。ハの字に眉毛をたわめて、ぽってりした唇を最大限に広げ、朱里はやまない射精を、飲み込んでいく。

「ぷはあ、こぼしちゃいそうだった……」

ひとしきり牡のエキスを飲み下し、、残った汁をちゅるりと吸い上げて、朱里がこちらを振り向いた。

上気した頬に、うるうると潤む瞳。

また肉棒に芯が通るのを感じながら、山元は体を起こした。

朱里を四つん這いにさせたまま、自分は膝立ちになって、滾り立ちを元教え子の媚肉へと突きつける。

「はああん、先生、クンニなしで、もう朱里を貫けちゃうのぉ？」

朱里はカメラを、夫を意識しているのか声をしならせる。布団の上で尻を高く掲げた体位で、挑発してきた。

「ダメか？　もう、俺のチ×ポが入りたがって……」

正直に山元は言った。

ウフフ、と朱里は笑う。

「仕方ないわねえ……」

両手を桃尻に回し、朱里は自らの肉扉を左右に引っ張り裂いた。

（うおお、何て興奮する光景だ）

充血した痴肉は、淫らにうねっている。白蜜が太ももをつたい、行灯型の明かりにきらめいた。


（ついに、先生が本気になった）

直感的な女の勘だ。ただ、裸の女体を楽しむというレベルではなく、一体感を求める愛の印。

弁護士になった才媛は、真琴や美咲よりも、抜きんでてないと気が済まなかった。

「やさしくして……」

「ああ、もちろんだよ……」

ただ、山元のペニスは規格外の大きさだ。ある意味反則に近い。

(夫とはもう寝れないわ……)

ピタリと媚穴に、亀頭をあてがわれる。ピクピクッとふくよかな尻が揺らめいた。

山元も大人の男である。いきなりは挿入してこない。

「ふうん、焦らさないでぇ……」

「慌てなさんな……」

卑猥な水音に、朱里の全身は真っ赤に燃え上がった。

(ああ、本気セックスを)

すでに、おもてなしとは違うレベルの交尾になっている。それは、孕ませの性交でもあった。

「じゃあ、いくぞ……」

「あんんんっ、大きすぎ、るう……あはーーーんっ」

大きく美女は仰け反った。ゴクリと艶めかしく首が鳴った。

(太すぎるぅ)

何度も穿ちこまれたはずなのに、山元のペニスは、いつも肉の侵入を感じさせ、ゾクゾクとした快感が全身に満ちる。一向に萎えない剛直が、ゆるりと膣口にはまってくる。

ズブ、ズブリ、ズブズブ、ズブリ……。

「ああん、濡れ濡れの朱里のオマ×コが、先生のオチ×チンで一杯にされちゃうう。あぐっ、いいのお、だから、もっと来てぇ」

ズシリと重い肉柱に、桃尻が歓喜した。

「いいぞ……締まりもメリハリがある」

「んん、奥いいっ……」

剛直で、濡洞をほじられた。朱里の腰回りが燃えあがる。

(大きいから動きも分かる……っ)

脳内に明確な性器の像が浮かぶ。頬張り、手にしたペニスの亀頭から窄まり、肉竿から男根まで、濡れ襞から熱棒の様子を伝えてきた。

「奥か……ほら、こうだろ!」

「ああんんっ、深いぃ……」

随喜の涙が頬をつたう。朱里は布団に突っ伏して、むせび泣いた。

背後からのしかかる男は、容赦《ようしゃ》なく肉棒を動かしてきた。

（どこもかしこも埋められる）

蜜壺を、底膜まで肉柱で一杯にされた。

「旦那のチ×ポより、俺のチ×ポの方がいいのか？」

山元は、抽送しながら尋ねてくる。

ふくよかな乳房が、プルプルンッと跳ねた。

「そうよ、立派だわ……」

夫を不必要に貶《おとし》めたいわけではない。

だが、山元の性器は特別に大きい気がする。淫戯など、特に必要ともしないサイズがあるのだと、朱里この宿で思い知った。

ズンッと華蕊の奥にさらに捻り込まれる。

「ああーーーーんっ、あひぃぃーー」

「いい牝鳴きだ」

山元は朱里のよがり声を気に入っているようだ。

（オマ×コから真っ二つにされているみたい）

想定外の怒張に、朱里の恍惚感は強くなる。

「引き戻そうとすると、キュッと締め付ける。可愛いな朱里」

「そんな……あんんっ……」

はにかんだ表情も、すぐに蕩けてしまう。

(奥は激しくない)

ペニスの先端部分は、硬くなってもガチガチではなく、わずかに紅い膨らみがある。

「いまのセックスも、俺のお礼だからな」

「あんっ、先生、ありがとう……」

朱里の胸に、ジワアッと愛情の海が広がっていく。

粒々の襞が折り重なり、山元の肉竿を搾り込む。

「んんお、あまりやられると、出ちまうぞ」

「いいですわよ、射精なさっても」

スラッと朱里は承諾の意を示した。

「ずいぶん、気前がいいな」

「代わりに、朱里がイクまで、ドライオーガズムでもセックスはしてもらいます」

男はニヤリと笑った。

「まだ、二、三回は絶対に問題ない」

ゴリゴリとポルチオを抉りまわしてきた。

「はんっ……熱いし、硬いのぉ」

鼻にかかった声で、朱里は返事をした。

（こっちもイキそう……）

柔らかな蜜肉を切り裂かれていった。その過程を何度も繰り返すと、絶頂に登りつめる。

「先生に攻められちゃうと、あの世に行っちゃいそう」

「変なことを言うな」

「あんんんっ……」

男のストロークが大きくなった。

山元は肉柱を膣口まで引かせてくる。

「んおおお……」

「はんっ、あひ、勝手にオマ×コが締まっちゃう」

困惑気味に朱里はいななく。

反り返りを引かれると、切なさが募った。胎内は、極太を逃すまいと、収縮するようだった。

「マン肉が離してくれないな」

「先生のオチ×チンが、素晴らしいからですわ」

「朱里のオマ×コも、超一流だからな」

互いに賞賛し合う。

(バックで犯されて悦ぶなんて)

朱里は興奮していた。

いくら口をつぐんでも、漏れ出る喘ぎ声は、部屋の空気を熱くする。布切れひとつない裸体を、後ろからペニスで貫《つらぬ》かれている。

その姿を脳裏に描くと、高揚感が何倍にもなった。

「うおお、本当に出てしまうぞ……」

山元は情けない声で言った。

朱里は微笑んで振り返った。

「どうぞ、思う存分」

グッと桃尻を高く掲げる。

山元は沸騰した精液を、一気に朱里の中に放出する。

「あーーんっ、先生のオチ×チンを生で挿入され、生で中だしされて、朱里、イク、イッちゃううう……」

紅く白く点滅する理性。

もう、夫は過去の人になっていくのを、朱里はまざまざと感じた。

「はあ、あううっ、先生、今日は眠らせないわ……」

ゾクリとする妖艶な笑顔で、朱里は山元を見た。

（やっぱり、どの女も甲乙つけられないなあ……）

家に荷物を取りに行く途中、山元は感慨に耽っていた。

あの夜這い乱行をした夜のあと、山元は改めて三人から、ひとりを選んで欲しいと求められた。

だが結局、山元は選ぶことができなかった。三人の雪も溶かすほどの熱いもてなしのおかげで、山元は元気を取り戻したのだ。誰かひとりを選ぶなど、今は出来そうになかった。

三人はその答えに納得し、代わりにしばらくの間、ともに雁木旅館に逗留することとなったのだった。

元同僚と元教え子に、ここまで思われているなら、自分も捨てたものではない、という自信が今の山元に芽生えていた。彼女たちと過ごせるなら、今の自分には願ってもないことだ。

「雁木高校に復帰するまでに、三人の誰が一番か、決めておいてくださいね」

そう冗談っぽく言って、美咲たちは笑った。

あの夜のあと、真琴が明かしてくれたのだが、山元はまだ雁木高校に籍があるらしい。確かに山元は退職届けを出したのだが、学校内でも惜しむ声が多く、真琴の根回しによって、さしあたり休職扱いになってるのだという。

「ただし、市郎自身に気力が戻らなかったら、結局退職することになるでしょ。その見通しがつくまでは、美咲たちにも内緒にしていたの」

そう笑う真琴に、かつての教育実習生が、すっかりやり手のベテラン教師になったと実感させられた。

しばらく雁木旅館で英気を養い、来年度から復帰するお膳立てまで、真琴は整えていてくれた。あの夜に彼女だけ外出から戻るのが遅れていたのは、その打ち合わせのためだったそうだ。

そこまでしてくれる愛しい女たちと、また肉欲をぶつけ合う夜を過ごせるなんて、夢かと思う。

いつまでも、というわけではない。

ただ、朱里や真琴も、雪解けの頃までは旅館の部屋に泊るつもりらしい。

「まったく、凄いおもてなしだ……」

ポツリとバスの中で山元はつぶやいた。

その日は、珍しく空は雲ひとつない青空だった。


（了）

※本作品はフィクションです。作品内に登場する
団体、人物、地域等は実在のものとは関係ありません。

なぐさみ温泉《おんせん》の肉接待《にくせつたい》

〈書き下ろし長編官能小説〉

2021年11月1日初版第一刷発行

著者……………………………………………永瀬博之

デザイン………………………………………小林厚二

発行人…………………………………………後藤明信
発行所………………………………………株式会社竹書房
〒102-0075　東京都千代田区三番町8-1
三番町東急ビル6F
email：info@takeshobo.co.jp
竹書房ホームページ　http://www.takeshobo.co.jp
印刷所……………………………………中央精版印刷株式会社

■定価はカバーに表示してあります。
■落丁・乱丁があった場合は、furyo@takeshobo.co.jp までメールにてお問い合わせください。
©Hiroyuki Nagase 2021 Printed in Japan

竹書房ラブロマン文庫　近刊目録

※価格はすべて税込です。

長編官能小説
つゆだくマンション
九坂久太郎　著

セレブな人妻たちを肉棒で啼かせる夢のバイトを受けた青年は高級マンションで快楽の日々を…。長編誘惑ロマン。

770円

好評既刊

長編官能小説
蜜濡れ里がえり
伊吹功二　著

九州の田舎に里帰りした青年は、かつて恋した美女たちに誘惑されて!? 方言美女たちの媚肉を味わう快感長編！

770円

長編官能小説
女子寮デリバリー
美野　晶　著

大学の女子寮に夜中に弁当を届けることになった青年は、よく食べる美人女子大生たちに誘惑され秘密の快楽を!?

770円

長編官能小説〈新装版〉
ご奉仕クリニック
北條拓人　著

看護師の青年は女医や同僚のナースに誘惑され、医療系お姉さんを淫らに癒しはじめる…。ハーレム院内ロマン。

770円

好評既刊

長編官能小説
とろみつ図書館
桜井真琴 著

眼鏡美人司書の美月に惹かれ図書館で働く青年は、熟女職員や人妻にも誘惑される快楽の日々を…。性春エロス！

770円

長編官能小説
みだら指南塾
北條拓人 著

男の性欲能力が大きく失われた世界で、青年は美女教官から女の悦ばせかたを熱く学ぶ…。誘惑ハーレム長編！

770円

長編官能小説
南国ハーレムパラダイス
河里一伸 著

沖縄のビーチでバイトする青年は水着美人たちに誘惑され、快楽の日々を…方言美女との常夏ハーレムロマン！

770円

長編官能小説〈新装版〉
ゆうわく海の家
美野　晶 著

海の家でひと夏のリゾート仕事にいそしむ青年は水着美女たちに誘惑され、肉悦の日々を…。水着エロスの金字塔。

770円

長編官能小説
ぼくの家性夫バイト
鷹澤フブキ 著

家政夫バイトで人妻の家に入った青年は、家事だけでなく熟れた媚肉のケアをも任される…。誘惑人妻ロマン！

770円

好評既刊

長編官能小説
禁欲お姉さんの誘惑
八神淳一 著

夫の浮気、仕事漬けの毎日…。訳あって禁欲生活を強いられた美女たちに青年は誘惑されて!? 熟肉ラブロマン!

770円

長編官能小説
ほしがる未亡人
庵乃音人 著

憧れの兄嫁とともに亡き兄の事業を継いだ男は、淫らな裏事業として未亡人に快楽奉仕を!? 豊熟の誘惑エロス!

770円

次回刊行案内

長編官能小説
孕ませ巫女神楽（仮）
河里一伸

気鋭が描く快楽と誘惑の巫女エロス!
2021年10月25日発売予定!!

秘伝のお神楽で発情した巫女たちから誘惑される…

770円